...odin BARATIER

DÉPOT LÉGAL

Les ... de l'Espionne

LA
BELLE SARAH

TOME PREMIER

20 CENTIMES
Algérie, Colonies et Étranger : 25 Cent. (Port en plus)
Collect. A.-L. GUYOT, 6-8, rue Duguay-Trouin, Paris

LES MILLIONS DE L'ESPIONNE

ANTONIN BARATIER

LES MILLIONS
DE L'ESPIONNE

TOME PREMIER

PARIS
Collection A.-L. GUYOT
6 et 8, rue Duguay-Trouin, 6 et 8

ANTONIN BARATIER

Même Collection

LES MILLIONS DE L'ESPIONNE

PROLOGUE

Le Printemps venait d'éclore et la vieille terre champenoise, enfin dégagée du lourd linceul de neige qui l'avait enserrée pendant un long hiver, commençait à se parer de sa coquette couronne du Renouveau.

Les arbres, aux longues branches noircies par les frimas, se recouvraient d'une frondaison légère ; l'aridité des collines disparaissait sous un joyeux tapis de verdure ; les vallons et les plaines s'émaillaient de bouquets agrestes ; les fleurs encore à peine entr'ouvertes répandaient dans l'espace la délicatesse de leurs parfums, les oiseaux zébraient l'air de leurs gazouillis harmonieux et les rayons d'une aurore douce et timide se jouaient à travers les chaumes rustiques du pittoresque village de Chènevrey, perdu à la lisière de la forêt d'Hautmont.

Le jour commençait à poindre ; les brumes de la nuit et les légers brouillards du matin se noyaient dans un crépuscule bleuâtre et une clarté diffuse remplaçait insensiblement les ombres indécises et blafardes de l'aurore.

C'était un dimanche et Chènevrey était encore profondément endormi ; les travailleurs de la glèbe laissaient reposer leurs membres fatigués par les lourds travaux des champs et s'accordaient dans la moiteur de leur couche quelques minutes de répit avant de se remettre à l'ouvrage.

Et tout à coup, au milieu de ce calme de la nature, l'Angelus se mit à tinter lentement, déversant dans le silence du village, les sons aigrelets et monotones de ses cloches argentines.

Aux faibles accents de ce messager du jour, le village sortit de sa torpeur.

Peu à peu, quelques portes s'ouvrirent ; d'accortes paysannes et de rudes paysans au teint déjà bruni par le hâle apparurent sur le seuil de leur chaumière ; des mugissements sonores sortirent des étables, des hennissements joyeux se firent entendre, des panaches de fumée s'élancèrent gracilement du faîte des cheminées et Chènevrey se réveilla tout à fait.

Quand Jean Ducloux, le sonneur, eut fini de tirer sur les cordes des cloches, après avoir toutefois agrémenté, selon son habitude, son Angelus de quelques fioritures de fantaisie en l'honneur du jour dominical; il poussa un profond soupir de satisfaction, prit une bouteille de vieux marc solidement accotée contre une poutrelle du clocher et en but une longue lampée.

— Bast, ajouta-t-il avant de reposer la précieuse bouteille à sa place; c'est aujourd'hui la fête du Seigneur... une larme de plus ne peut que faire honneur au bon Dieu... et à son humble serviteur.

Et le brave sonneur, après avoir constaté que sa bouteille était aux trois quarts pleine, la reporta à ses lèvres et but une nouvelle lampée de sa boisson favorite.

Mais il faut croire que Jean le Sonneur tenait en grande estime le Seigneur d'abord et son gosier ensuite, car la lampée fut singulièrement prolongée!

Hélas! tout a une fin...

Et après avoir rebouché sa bouteille, s'être essuyé d'un revers de main les lèvres encore tout humides d'alcool, Jean le Sonneur, dont le visage était plus que rubicond et l'œil du plus brillant éclat, se mit à descendre le tortueux escalier aux marches branlantes qui conduisait de l'intérieur du clocher au porche de l'église.

La place du village était absolument déserte.

A droite, la Maison commune qui servait en

même temps de mairie et d'école, avait ses grands volets, peints en vert tendre, hermétiquement clos; à gauche, le logement de la pompe à incendie était silencieux ; en face, le presbytère était plongé dans le calme le plus complet et les cinq ou six grandes chaumières, entourées, comme l'église et le presbytère, d'arbres séculaires qui dressaient leur port majestueux au centre de Chènevrey, ne laisasient entendre aucun bruit.

Ces maisons, d'apparence plus coquette que les autres, appartenaient aux paysans cossus du village et leurs habitants ne se levaient pas d'habitude en même temps que le soleil, surtout le dimanche.

Sous le porche, planté sur ses longues jambes osseuses, les mains cachées sous sa « blaude », l'œil aux aguets et le nez au vent, Jean le Sonneur restait là, immobile, tournant son regard vers ces logis paisibles, espérant voir apparaître sur leur seuil les bourgeois ou même les valets.

Mais son espoir fut déçu, portes et fenêtres restèrent closes !

— Tas de feignants ! ne put-il s'empêcher de murmurer au bout de cinq grandes minutes d'attente infructueuse; dire qu'il n'y en a pas un d'assez « chenu » pour m'offrir une « roquille ».! Enfin... c'est tous les dimanches la même chose... faut bien s'y faire, à la longue !

Et après avoir poussé un immense soupir de soulagement, de regret et de dépit, Jean Duclonx descendit les trois larges marches aux trois quarts recouvertes de mousse et d'herbes folles qui conduisaient au bas du perron de l'église.

Subitement, Jean le Sonneur s'arrêta.

Un cri plaintif et aigu venait de se faire entendre.

Malgré son assurance habituelle, assurance rendue encore plus robuste ce matin-là à la suite de l'absorption de ses deux « roquilles », le sonneur ne put s'empêcher de tressaillir et ce fut même avec un véritable effroi qu'il regarda timidement derrière lui.

Un nouveau cri, encore plus aigu et plus prolongé que le premier, se fit entendre.

— Ça, mais... c'est-y que je déménage ? grommela Jean. Cré coquin de sort... y a pas... j' vas quérir not' curé !

Et d'un bond, le pusillanime sonneur franchit la place du village, et la poitrine quelque peu haletante, le visage décoloré, il se précipita au presbytère, où il se mit à tirer sur le cordon de sonnette à tour de bras.

Et comme si cette intempestive sonnerie n'eût pas été assez retentissante pour arracher le curé à son paisible sommeil, il se mit à hurler à pleins poumons :

— V'nez vite, not' curé, v'nez vite... le diable en chair et en os est dans l'église !

Et à deux mains il empoigna le bouton de la porte et l'agita avec une furieuse frénésie, tout en continuant à hurler dans une troublante onomatopée :

— Diable.. église... diable... église...

Brusquement, la porte s'ouvrit et le curé de Chènevrey apparut sur le seuil.

A la vue du sonneur dont le visage était couvert de sueur et dont les traits grimaçants attestaient un état d'esprit peu habituel, le curé eut un léger haussement d'épaules et un sourire quelque peu malicieux se dessina sur ses lèvres.

— Comment, Jean, déjà à cette heure vous êtes dans un état pareil !

— Ah, m'sieu le curé, m'sieu le curé, venez... le diable est dans l'église, venez... je l'ai vu comme je vous vois !

Le curé ne put retenir un sourire.

— En ce cas, mon cher Jean, allons voir le diable ! comme je ne l'ai jamais vu, je serai curieux de connaître son visage.

Et le prêtre se dirigea vers l'église, suivi à une certaine distance par Jean le Sonneur, que la présence du curé rendait un peu moins poltron.

Sous le porche, ce n'étaient plus des cris plaintifs qui se faisaient entendre, c'était un long et

douloureux vagissement qui troublait le silence de
ce lieu solitaire.

En deux enjambées, le prêtre franchit le perron
et alla droit vers le pilier d'où semblait partir ces
cris d'appel et de détresse.

Et tout à coup, il poussa une exclamation profonde.

Derrière un des doubles piliers qui soutenaient
l'ogive du porche, ce ne fut ni le diable, ni sa
fourche que le curé aperçut.

C'était un enfant, un tout jeune enfant emmail-
loté d'une façon délicate et couché dans une longue
pelisse de cachemire bleu.

Le prêtre se baissa et prit sa singulière trouvaille entre ses bras.

Jean le Sonneur, en voyant que le diable n'était
qu'un bébé rose incapable de lui jeter le moindre
maléfice, sentit son courage lui revenir et s'approcha hardiment du prêtre et de son délicat fardeau.

— En v'là t'y une farce, hein, not' curé !

— Un sombre drame, plutôt, Jean... dont voici
l'une des victimes !

— Vous croyez ? Moi, j' crois point ! c'est une
farce, une rigolade, quoi !

— Allons chez le maire d'abord... nous verrons
ensuite !

Maintenant, sur la place, la vie des champs commençait ; les portes s'ouvraient, les paysans et les valets circulaient çà et là, et d'une fenêtre à l'autre on échangeait des paroles brèves et hâtives.

A la vue du curé Vazeilles, portant entre ses bras son précieux fardeau, les langues s'arrêtèrent et les yeux devinrent plus perçants.

Et les commérages d'aller leur train.

— Quoi que fait donc not' curé... à c'te heure ?

— C'est pardi pas un baptême ?

— C'est p't'ête ben la Mélanie qu'a p'tioté ?

— Allons donc, voisine, c'est pour la Saint-Georges seulement, qu'elle attend son gosse !

— Quoi que ça peut être bien, alors !

Et les bonnes femmes, intriguées par cette étrange apparition, s'empressèrent de quitter leur chaumière et s'avancèrent vers le prêtre tout en s'efforçant de pénétrer le mystère qui venait troubler leur quiétude.

L'enfant s'était tu... réchauffé par la poitrine du prêtre et bercé mollement dans ses bras, il s'était endormi.

D'un pas alerte, le curé de Chènevrey se dirigeait vers la demeure du maire située à deux cents mètres de l'église ; tout un cortège de bonnes femmes le suivait et Jean le Sonneur, au milieu d'elles, racontait, à sa manière, la singulière trouvaille qu'il avait faite. Il escomptait bien recommencer son récit pendant un mois ou deux et recueillir ainsi de nombreuses roquilles, tant à Chènevrey que dans les villages voisins !

C'était son eau-de-vie assurée jusqu'à la moisson !

A la vue du curé portant un enfant au maillot entre ses bras, le maire éprouva une étrange surprise.

Et sa surprise se changea en stupeur quand le prêtre lui eut raconté ce qui venait d'arriver.

Depuis trente ans qu'il administrait paternellement sa commune, c'était la première fois qu'un tel fait se présentait et jamais, au grand jamais, il n'aurait cru possible une pareille aventure !

Les commères et un grand nombre de ses administrés barbus avaient envahi la demeure de leur maire à la suite du prêtre.

Et nul, parmi ces braves gens aussi stupéfaits que le premier magistrat de Chènevrey, ne put apporter un éclaircissement, tant léger fut-il, aux questions du curé Vazeilles et de M. Bebours.

D'où pouvait venir cet enfant ?

Nul ne le savait.

Pendant la nuit, assez obscure, d'ailleurs, on n'avait entendu aucun roulement de voiture ; nul bruit insolite n'avait troublé le sommeil des voisins de l'église ; nulle parole, nul vagissement n'avaient été entendus.

Et pourtant, quelqu'un était venu nuitamment déposer cet être derrière les piliers du porche.

Cet enfant abandonné, dont les langes étaient d'une toile d'une extrême finesse rehaussée de broderies et de dentelles, et dont la chemisette de fine batiste dénotait une origine peu commune, ne devait avoir que quelques jours à peine... dix ou douze au plus !

C'était un garçon.

Rose et joufflu comme tous les nouveaux-nés, ses membres étaient grassouillets, sa chair blanche et ferme, et son corps ne présentait aucune trace de violences.

Ni sur ses langes, ni sur sa chemisette, ni sur sa brassière, ni sur l'ample pelisse qui l'enveloppaient complètement, ne se trouvaient de marques, ni d'initiales ; aucun écrit, aucun signe de reconnaissance possible n'acompagnaient son maillot et rien ne pouvait faire décéler son nom, ses origines ou ses antécédents.

— Ça, c'est un Parigot, finit par dire une grosse mère qui, depuis des années et des années était la servante du maire ; encore une pas grand'chose qui nous fait cadeau du fruit de ses fredaines ! Ah, malheur, si c'est pas-t-honteux !

Et comme l'enfant nu et quelque peu tremblant se mit à pousser des vagissements plaintifs, Jean le Sonneur s'écria :

— Il a p't'ête soif, el gosse !

— Et au lieu de bavarder, ajouta le maire, nous ferions mieux de lui donner une nourrice !

— Une nourrice ? fit la servante, et qui la paiera ? C'est-y vous, not' maire ?

— On ne peut cependant pas...

— Envoyez donc ça à l'hospice de Troyes ! On n'a pas besoin de ça ici ! Des enfants, des rien du tout, n'en faut pas à Chènevrey.

Et comme toutes les bonnes femmes présentes, jeunes ou vieilles, se récusèrent tour à tour et qu'aucune d'elles ne voulut se charger de la garde du malheureux abandonné, même pendant quelques jours seulement, le maire resta perplexe.

— On ne peut pourtant pas laisser ce pauvre petit être mourir de faim ! s'écria le prêtre.

— Ben sûr, m'sieu le curé, ben sûr...

— Et personne parmi vous n'a assez de cœur pour se charger de lui, même avec de l'argent ?

— Prenez-le, m'sieu le curé, répliqua la servante du maire.

Le prêtre fit un pas en avant.

— Et pourquoi pas, Madeleine ? Si Dieu a conduit cet enfant dans sa maison, n'est-ce pas à son humble serviteur d'en avoir soin ?

— C'est-y que vous lui donnerez à boire et à manger gratis, not' curé ?

Et un rire goguenilleur se fit entendre.

Le prêtre releva la tête et regarda fixement tous ses paysans et ces paysannes dont les rires narquois l'impressionnaient douloureusement. Puis, un pli dédaigneux apparut sur ses lèvres.

— Mes frères, fit-il lentement, Jésus a dit : « Laissez venir à moi les petits enfants ! » Et puisque nul d'entre vous ne sait comprendre les paroles du divin maître, c'est à moi de vous montrer quelle doit être la véritable charité chrétienne !

Et prenant l'enfant entre ses bras, le prêtre sortit.

Arrivé sur le seuil de la maison du maire, il s'arrêta.

— Monsieur Bebours, dit-il d'une voix douce, prévenez l'autorité compétente que je prends à ma charge entière cet être que j'ai trouvé sous le porche de mon église ; si on réclamait un jour ce malheureux enfant abandonné, on pourra s'adresser au curé de Chênevrey.

Et ayant salué, il regagna à la hâte son presbytère.

FIN DU PROLOGUE

PREMIÈRE PARTIE

La Belle Sarah

I

UN CRIME MYSTÉRIEUX

Presque au milieu de la rue Galande, au centre même de ce quartier Maubert où, il y a trente ou quarante ans, la lie de la populace de Paris tenait ses assises, se trouvait un cabaret borgne connu de sa très nombreuse clientèle sous le nom de *la Lunette*.

Ce bouge, véritable coupe-gorge, dont la devanture était badigeonnée d'un rouge criard, était le lieu de rendez-vous habituel de tout ce que la capitale du monde civilisé comprenait de repris de justice, d'escarpes, de voleurs, d'assassins et de gens sans aveux.

Avec sa devanture aux fenêtres basses, garnies d'épais barreaux de fer; son immense comptoir d'étain, chargé de verres, de bouteilles et de brocs; sa salle plus longue que large, encombrée de tables boîteuses et de chaises dépaillées; ses murs gras, noirâtres et suant l'humidité; son atmosphère empuantie de relents âcres et nauséeux et estompée de nuages de fumée lourde et épaisse, la *Lunette* était plongée du matin au soir dans une demi-obscurité qui faisait ressortir avec plus de cynisme les faces patibulaires des consommateurs qui, par petits groupes, tenaient çà et là de silencieux conciabules.

Cette salle n'était pas le seul lieu de réunion des habitués de la *Lunette*.

Les *clients sérieux*, les *amis* de la maison se réunissaient dans l'arrière-boutique, sorte de long et étroit boyau sans fenêtres, sans air, bas de plafond, éclairé jour et nuit par des quinquets fumeux accrochés aux murs et garni de longues tables dont le bois disparaissait sous une couche épaisse dé taches noirâtres et de crasse, de bancs aux pieds branlants et de tabourets éventrés.

Là, à l'abri des regards soupçonneux, ils pouvaient causer à leur aise, tenir des propos discrets et raconter leurs affaires sans craindre des oreilles trop attentives.

N'entrait pas qui voulait dans la « salle », comme se nommait pompeusement ce réduit; les vieux clients seuls avaient le droit d'y pénétrer et c'était avec l'assentiment du patron de la *Lunette*, le *père Lunette*, comme on l'appelait dans ce milieu interlope, que l'on en permettait ou que l'on en refusait l'accès.

Ce bouge avait quelque chose de sinistre et de repoussant.

Sur les murs, autrefois badigeonnés à la chaux, des dessins ignobles au charbon ou à la suie, dressaient leurs écœurantes silhouettes : des vers, et quels vers ! des maximes, des sentences, accompagnés de commentaires orduriers ou de couplets plus qu'obscènes, se détachaient çà et là, et en certains endroits, à coups de couteau ou de surin, des dates, des noms, des surnoms, agrémentés de qualificatifs suggestifs, étaient gravés brutalement.

Si, à deux heures du matin, le cabaret de la *Lunette* fermait régulièrement ses portes, le « salon » lui, restait ouvert à peu près pendant toute la nuit; une épaisse trappe de chêne le faisait communiquer avec les caves et, en cas d'alerte, on pouvait y entrer ou en sortir sans traverser la salle commune.

C'était cette commodité, fort appréciée des clients, qui avait fait du bouge de la rue Galande le caboulot de prédilection des escarpes et des assassins... En cas d'irruption de la police, il était facile de se cacher dans les dédales des caves et des souterrains qui communiquaient avec les maisons voisines et d'échapper ainsi aux recherches par trop dangereuses ou par trop compromettantes ou simplement intempestives.

Chez le *père Lunette*, le matin, voire même jusque vers les trois heures de l'après-midi, les clients étaient rares ; les consommateurs n'arrivaient que plus tard ; mais, à la nuit close et surtout après minuit, il était difficile d'y trouver de la place.

Là, aussi bien dans le salon que dans la salle commune, une foule d'individus, jeunes pour la plupart, au visage blême, aux traits tirés, à la mine patibulaire, seuls ou accompagnés de femmes aux cheveux ébouriffés, au corsage entr'ouvert et aux yeux cerclés de bistre, se ruaient devant le comptoir ou autour des tables. Quelques drôlesses aux mâchoires édentées, vêtues de loques sordides, à la démarche titubante, cuvaient leur alcool, vautrées dans des recoins obscurs ; quelques hommes à la barbe hirsute et déjà grisonnante, aux rides profondes et à la face ravagée par le vice et la boisson leur faisaient un lamentable vis-à-vis et entre deux hoquets lâchaient des bouffées de fumée nauséeuse de pipes aux trois quarts brisées ou de cigares ramassés dans les ruisseaux de la place Maubert ou des Halles.

Les clients du père Lunette, ramassis de rôdeurs et de gens interlopes, au milieu du bruit des verres et des allées et venues, ne perdaient pas leurs temps en d'oiseuses discussions.

En des groupes séparés, à voix basse et en paroles rapides, ils combinaient les coups à faire pour le soir même ou pour le lendemain et partageaient sans trop de répugnance les fruits des vols qu'ils avaient accomplis dans la journée ou tiraient des plans pour réussir avec plus d'adresse là où ils avaient échoué.

Dans l'ombre, à l'écart, l'œil au guet, ils se chuchotaient à l'oreille des noms... des adresses... des chiffres ; ils escomptaient d'avance des larcins fructueux, ils supputaient les chances d'un vol ou d'un assassinat et, une fois la ligne de conduite arrêtée, se dispersaient sans bruit ou se mettaient à boire des saladiers de vin chaud ou des rogomes aux relents écœurants que les garçons du bouge déposaient devant eux.

Dans le salon, pareilles scènes se passaient mais les dialogues y étaient plus animés, les affaires plus sérieuses et les consommateurs plus criminels.

Là, entre ces murs recouverts de dessins sinistres, ce n'était pas de vols à la tire, de vulgaires effractions et de filouteries quelconques qu'il était question... c'était le vol à main armée, c'était le meurtre, l'assassinat, le crime que l'on préméditait, que l'on discutait, que l'on préparait avec sang-froid et raisonnement.

Et pendant de longues heures, les bouches collées aux oreilles, les chevaliers du surin échafaudaient, dans un lugubre tête à tête, les forfaits qu'ils allaient accomplir...

On était à la fin de janvier de l'année 1869.

Onze heures venaient de sonner à l'église Saint-Séverin et le salon du *père Lunette* était bondé comme à l'ordinaire.

Ce soir-là, contrairement à leur habitude, les clients du bouge de la rue Galande causaient avec animation ; de toutes les tables, des propos plus ou moins acerbes s'échangeaient et de temps à autre des cris, des menaces, de véritables hurlements de vengeance se faisaient entendre.

La cause de ce tumulte était facile à comprendre.

Le matin même, un des fidèles clients du caboulot, le grand Julot de la place Maub' avait été arrêté au moment où il venait d'assassiner une marchande de quatre-saisons.

Et comme un mouchard seul avait pu livrer à la police le nom de l'assassin, les acolytes du bandit avaient juré de démasquer le traître et de lui faire payer cher ses accointances avec la Rousse et ses relations avec le personnel de la rue de Jérusalem.

Et les têtes, montées par de nombreuses rasades d'alcool frelaté, excitées par le désir de la vengeance, s'échauffaient.

La soif de châtier la trahison et la lâcheté d'un des leurs, faisait oublier aux habitués du bouge leurs affaires personnelles pour ne s'occuper que de celles du grand Julot et de son dénonciateur.

Seuls, dans un coin de la salle, attablés devant des verres vides, deux hommes semblaient indifférents à ce qui se passait autour d'eux et, malgré les bruits incessants qui éclataient à côté de leur table, ils ne prêtaient aucune attention aux cris féroces et aux paroles de haine qui bourdonnaient à leurs oreilles.

Ces deux êtres, vêtus sordidement, au visage blême, aux traits émaciés et ravagés, tant par la misère que par la fatigue, offraient un constraste des plus étranges.

L'un petit, à la mine chafouine, aux yeux enfoncés dans leur orbite, aux lèvres minces et glabres, au teint jaune et à la taille voûtée, paraissait avoir de vingt-cinq à vingt-huit ans à peine.

L'autre était plus âgé.

Malgré les vêtements effilochés et usés jusqu'à la trame qui recouvraient ses épaules, sa mise avait un certain cachet de distinction, son torse était droit, assez puissant et bien pris ; sa figure était régulière, ses yeux étaient expressifs et sous les longs cheveux quelque peu bouclés et parsemés de fils d'argent qui auréolaient sa tête, un air de réelle noblesse apparaissait sur ses traits.

Ses mains fines, quoique noires de crasse, dénotaient chez elles un certain cachet d'aristocratie ; ses dents étaient belles et régulières et la façon dont il regardait son compagnon de table semblait indiquer qu'un abîme existait entre ces deux hommes, tant au point de vue de l'origine qu'à celui de leur condition actuelle.

Même tombés au dernier échelon de la société, ces deux hommes n'étaient pas égaux... ou, du moins, ne paraissaient pas l'être. Le premier était là dans son milieu habituel, c'était un habitué, dès l'enfance, des bas-fonds de la populace vicieuse ; le second n'en était que l'hôte passsager, c'était un déchu, un déclassé.

Accoudés sur la table, devant leurs verres vides depuis longtemps, la tête plongée entre leurs mains, ces deux hommes pensaient....

Et leurs réflexions devaient être amères, car de temps à autre un pli douloureux venait contracter leurs lèvres et un éclair brillait dans leur regard.

— Ainsi, finit par dire le plus jeune de ces deux êtres ; y a pas... tu n'as plus un radis ?

L'autre tressaillit et ses yeux se fixèrent sur ceux de son compagnon.

— Tu le sais... j'ai donné nos derniers quatre sous en échange de ces deux verres d'eau-de-vie !

— Et... tu as fouillé toutes tes poches ?

— C'est inutile... elles sont vides !

— Euh... et les doublures ?

L'homme ne répondit pas, il se contenta de hausser les épaules.

Il se fit un long silence.

— Et dire que voilà bientôt un mois que cette vie dure, s'écria brusquement l'individu à l'aspect chétif et miséreux en donnant un coup de poing sur la table... moi, j'en ai assez ! Y a pas... faut trouver de la braise, j'ai faim !

— Où veux-tu en trouver ?

— N'importe où, pourvu qu'il y en ait ! Puisque l'on ne peut pas manger en restant honnête, eh bien quoi... il faut bien voler pour vivre !

— Voler ? jamais !

— Faut crever, alors !

— Non, Medzigot, non... qui sait !

— C'est tout su.... crever ou voler, y a pas!

— Non... je t'ai dit que je ne voulais pas voler !

— D'à cause ?

— Ça me répugne, voilà tout !

— Tu as tort, l'Aristo ! Depuis six mois, on dégringole de la dèche dans la purée... de la purée on tombe dans la crevaison ; on cherche à gagner son pain, honnêtement, comme tu dis, y a pas mèche ! Avec ce temps de chien, y a pas un mégot à ramasser sur les trottoirs. Quand on veut aller ouvrir les portières des riches sapins, à l'Opéra ou ailleurs, crac, v'là les bicornes des sergots qui rappliquent... et on s'esbigne, faut voir ! On peut même plus figurer à l'Ambigu ou à la Gaîté, nos frusques nous font reluquer à cent pas... quoi faire, alors.... je te le demande, l'Aristo ?

Et le pauvre hère asséna un nouveau coup de poing sur la table.

— Nous avons mangé jusqu'à présent, Medzigot !

— Manger ! Tu appelles ça manger ? Une soupe devant la porte d'un restaurant rupin, un bouillon aveugle derrière la guérite des casernes, un croûton de pain dans les boîtes à ordures, si c'est ça que tu appelles manger, tu n'es pas difficile, mon vieux !

Et Medzigot, malgré sa détresse, ne put retenir un éclat de rire.

— C'est vrai qu'on dort les fenêtres ouvertes.. sous les ponts, ajouta-t-il, mais vrai, ça manque rien d'édredon !

— Nous ne sommes pas morts, n'est-ce pas ?

— Non, mais ça vient ! Et quand je pense qu'il y a six mois...

— Le passé est passé, n'en parlons plus ! fit

l'Aristo d'une voix ferme et tranchante ; demain seul nous intéresse.

— Elle est belle, la perspective ! je n'ai même pas de ceinture pour faire un cran sur mon abdomen ! Toi, tu as encore de la graisse dans ta peau, mais moi, je n'ai plus que des os... et je ne peux pourtant pas les ronger !

Et le pauvre Medzigot, pour se donner l'illusion... de l'ivresse prit son verre et le porta à ses lèvres... Puis, après en avoir respiré les âcres senteurs, il le reposa doucettement sur la table.

— Faut pas le casser, faudrait payer la casse ! ajouta-t-il ; et comme nos banques sont fermées... mais, dis donc, l'Aristo... à propos de banque, si tu allais rendre visite à cette belle comtesse de la rue de Varennes... tu lui emprunterais quelques louis... ça pourrait nous donner le temps de nous requinquer un brin !

Une légère rougeur apparut sur les joues tirées de l'Aristo.

— J'y ai déjà pensé, répondit-il faiblement.

— Allons-y, alors... ça presse !

— Ce serait peine perdue.

— Hein... quoi ! Elle refuserait de venir en aide à...

— Non, elle ne refuserait pas, mais elle n'est pas à son hôtel en ce moment.

— Elle ? En voilà une blague ! j'ai vu sa voiture aux Champs-Elysées ce tantôt.

— Tu te trompes, Medzigot ; elle est absente de Paris.

— Qu'en sais-tu ?

— Elle a quitté la rue de Varennes la veille du jour de l'an et n'y rentrera pas avant les fêtes du Carnaval.

— Qui te l'a dit ?

— Un des valets de l'hôtel, il n'y a pas huit jours.

— Eh bien, on t'a roulé, l'Aristo... car aussi vrai que j'ai cinq doigts à chaque pied et à chaque main, c'est sa voiture que j'ai vue ce tantôt !

— C'est impossible.

— Je ne suis pourtant pas aveugle, je suppose...

— Tu as mal vu, voilà tout.

— Je n'ai pas l'habitude d'avoir la berlue et je connais assez les chevaux du comte d'Etiolles pour ne pas me tromper ! Et son cocher donc... j'ai assez vu sa binette quand, au pesage d'Auteuil, de Longchamp où même de Vincennes, il venait me demander des tuyaux. Ah ! pour sûr... le cocher de la comtesse Sarah d'Etiolles, tout le monde le connaît sur le turf... et moi plus que quiconque !

Pendant dix minutes, l'Aristo resta songeur...

Une pâleur étrange avait envahi son visage et un rictus douloureux plissait ses lèvres.

Puis, brusquement, il releva la tête.

— Ainsi, dit-il en regardant fixement Medzigot, tu es sûr...

— Archi-sûr !

— C'est bien... j'irai demain.

— Demain ? Pourquoi pas ce soir ?

— Il est trop tard.!

— Raison de plus ! Ce n'est pas en plein jour, nippé comme tu l'es, que tu peux te présenter à l'hôtel de la rue de Varennes.

— Tu as peut-être raison... quelle heure est-il ?

— Il ne doit pas être encore onze heures.

— Soit... partons ! Si Sarah est à Paris, ce qui m'étonnerait étrangement, encore une fois, elle ne doit pas être rentrée du théâtre et nous serons rue de Varennes avant elle. Viens !

— Tu veux que je t'accompagne ?

— Seul, que ferais-tu ici ?

— J'attendrais et si tu rapportes quelques jaunets...

— Nous les entamerons aussi bien ailleurs qu'ici ! Viens...

Les deux hommes se levèrent.

Au moment où ils allaient enjamber leur banc pour gagner le milieu de la salle, un homme qui était assis à quelque distance de Medzigot et qui, tout en buvant à petites gorgées un verre de punch, n'avait cessé d'avoir les yeux fixés sur cet étrange couple, allongea le bras et le tira par la manche de son veston.

Medzigot se retourna.

L'inconnu se leva à son tour.

— J'ai quelques mots à vous dire, messieurs... vous plaît-il de m'entendre ?

Medzigot et l'Aristo restèrent interloqués.

Cet homme qui était devant eux n'avait pas la tournure des consommateurs habituels du bouge du *père Lunette*, sa mise était assez correcte, et sous la longue blouse qui masquait en partie sa poitrine et ses jambes, on devinait un accoutrement peu en harmonie avec « ce pardessus » de toile blanche aux pattes brodées de fil.

— Que voulez-vous ? fit Medzigot après avoir dévisagé cet étrange interlocuteur.

— Je vous l'ai dit... j'ai quelques moments d'entretien à vous demander.

— Mais... je ne vous connais pas !

— Nous ferons connaissance ! En attendant, vous êtes bien Médéric Blin, l'ancien jockey des écuries Delmarès, n'est-ce pas ?

Medzigot fit un brusque mouvement et pâlit légèrement.

— Et vous, monsieur, continua l'inconnu en s'adressant à l'Aristo, vous êtes Jacques d'Arti...

— Inutile de prononcer mon nom ici, monsieur ! s'écria vivement l'Aristo, en s'avançant vers l'homme qui venait de le reconnaître ; et vous, qui êtes-vous !

— Qui je suis ? Peu vous importe !

— Que voulez-vous, en ce cas ?

— Ecoutez-moi, messieurs, et vous connaîtrez le motif de ma présence ici, dans ce bouge ignoble !

Et faisant aux deux hommes le signe de reprendre leur place, il vint s'asseoir en face d'eux, après avoir toutefois appelé le garçon d'un geste bref.

— Vous me permettez, messieurs, de commander quelque chose ? J'ai faim et soif et je serais heureux de partager avec vous, sans façon, une tranche de jambon et un flacon de vin.

L'accent de cet inconnnu, son parler franc et surtout sa proposition de « partager une tranche de jambon » produisirent sur Medzigot et l'Aristo un effet magique.

Manger !

Eux qui, depuis trois jours, ne vivaient que de quelques verres d'eau-de-vie, éprouvèrent subitement la sensation douloureuse de leur estomac vide depuis longtemps ; les affres de la faim se réveillèrent brusquement et sans même chercher à savoir quel était cet homme qui les connaissait de vue et de nom, sans même se préoccuper de ce qu'il voulait d'eux et comment ils les avait trouvés dans le bouge du *père Lunette*, ils prirent la place qu'on leur montrait, les yeux rivés sur le garçon qui revenait du comptoir, les bras chargés de pain, de jambon et de deux litres de vin !

Et là, sans mot dire, sans lever les yeux, ils dévorèrent à pleines dents les victuailles qu'on avait déposées devant eux.

L'inconnu, le sourire aux lèvres, les contemplait.

Dans le salon, les voix étaient toujours aussi nombreuses et les accents toujours aussi aigus ; les verres succédaient aux verres sans discontinuer ; les vapeurs de l'alcool brûlé et des saladiers de vin chaud remplissaient l'air confiné de cette salle de leurs âcres relents ; la fumée des pipes et des cigarettes estompait de nuages épais et nauséeux ces mines patibulaires, et les silhouettes des consommateurs se confondaient vaguement sous les lueurs blafardes et tremblotantes des quinquets accrochés aux murs nus et sales.

Maintenant, devant l'Aristo et Medzigot, la table était nette... les litres étaient vides, l'assiettée de jambon et la moitié d'un pain avaient disparu et une satisfaction évidente se réflétait sur le visage des deux affamés.

— Un cigare, messieurs ? fit l'inconnu en sortant de dessous sa blouse un étui à moitié plein.

Les deux hommes tendirent leurs mains.

— En fumant et en dégustant ce café que l'on va nous servir, nous pourrons causer, à présent.

Machinalement, les deux hommes approuvèrent d'un signe de tête.

Quelques instants après, les coudes appuyés sur la table, la tête entre les mains, Medzigot et l'Aristo écoutaient attentivement les paroles de l'inconnu.

— Donc, disait-il, vous voyez que je vous connais de vue et de nom, et depuis trois jours je suis venu ici, sachant que vous aviez l'habitude de fréquenter l'établissement du *père Lunette,* et à peu près sûr de vous y rencontrer.

— Qu'avez-vous donc à nous dire ? fit Medzigot en voyant que l'homme s'arrêtait.

— Ceci : vous êtes dans la détresse l'un et l'autre... et depuis l'accident qui vous est arrivé il y a six mois aux courses de Longchamp, perdus de dettes et de réputation, dans l'impossibilité où vous vous trouvez de reparaître dans les endroits que vous fréquentiez, puisque la police vous y trouverait très aisément, c'est la misère noire qui s'attache à vos pas.

— La purée complète, cher monsieur... après ?

— Or, je viens vous proposer sinon, la fortune, du moins l'aisance.

— Vous ?

— Moi ! Comme vous le disiez tout à l'heure,

vous, monsieur Jacques, voler c'est votre dernière ressource... et comme vous ne voulez pas devenir un voleur, vous risqueriez fort de mourir de faim avant huit jours, dans l'impossibilité absolue où vous êtes, l'un et l'autre, de gagner un pécule quelconque.

— Après, fit sèchement l'Aristo.

— J'ai besoin de votre aide, voulez-vous m'obéir ?

— Et... vous aboulez combien ? dit Medzigot d'un ton gouailleur.

— Dix mille francs, demain matin, à dix heures, si vous faites ce que je vais vous commander.

— Dix mille francs ? Que faut-il faire... parlez! s'écria Medzigot.

Pendant une minute, l'inconnu garda le silence.

Puis il dit lentement, après avoir regardé les deux hommes :

— Tout à l'heure, vous parliez de la comtesse Sarah... elle n'est pas à Paris, ni le comte non plus !

Imperceptiblement, l'Aristo tressaillit.

— Elle est forte, celle-là ! s'exclama Medzigot, mais puisque je l'ai vue, elle et sa voiture, ce tantôt, à l'avenue des Champs-Elysées.

— Elle y était effectivement... maintenant, elle n'est plus à Paris.

— Elle est donc partie depuis ?

— Il y a trois heures, elle a pris l'express de Nice.

— Alors, je comprends ! Mais... comment savez-vous cela, vous ?

— C'est bien simple, je l'ai quittée à la gare de Lyon.

— Vous ?

— Moi !

— Et... quel rapport y a-t-il entre la comtesse Sarah et les dix mille balles que vous nous proposez ?

— Celui-ci. La comtesse d'Etiolles est venue exprès à Paris pour rentrer en possession d'un dépôt sacré... Ce dépôt, qui consiste en de simples papiers, d'une importance capitale pour elle, est enfermé dans le coffre-fort du comte, coffre-fort scellé dans le mur de sa chambre. Or, ni la comtesse, ni moi, nous n'avons pu arracher ces papiers de leur cachette. Pendant l'absence du comte, il faut à tout prix que ces papiers disparaissent et c'est à vous que je m'adresse pour cet office.

Il se fit un moment de silence.

— Pourquoi à nous plutôt qu'à d'autres ? finit par dire Medzigot.

— Parce que votre ami Jacques connaît les êtres de la maison et qu'il a intérêt à ce que nul ne sache, autre que vous et moi, ce qui doit se passer cette nuit à l'hôtel de la rue de Varennes... N'est-ce pas, monsieur Jacques ?

Et, se tournant vers l'Aristo, l'inconnu le regarda fixement.

— Je ne comprends pas ce que vous voulez dire ! fit Jacques en pâlissant.

— Vous ne comprenez pas ? Cela m'étonne.... Voulez-vous que j'insiste davantage ?

— Qui êtes-vous ? c'est tout ce que je veux savoir !

L'homme haussa légèrement les épaules et un sourire dédaigneux vint apparaître sur ses lèvres.

— Qui je suis ?... fit-il lentement ; approchez...

Et, se penchant vers l'oreille de celui qu'il avait appelé Jacques à plusieurs reprises, il murmura quelques mots à voix basse.

L'Aristo se leva brusquement et devint effroyablement pâle.

— Vous !... s'écria-t-il... et c'est vous qui osez...

— Préférez-vous que ce soit le comte d'Etiolles qui vienne à ma place ?

Jacques retomba lourdement sur son banc en poussant un cri de rage, tandis que son visage se plissait douloureusement.

Pendant un instant, Medzigot et l'inconnu regardèrent leur compagnon ; sa poitrine était haletante, des lueurs fugitives brillaient dans ses yeux et sur son front perlaient d'épaisses gouttes de sueur.

— Eh bien, Jacques? dit l'homme en lui frappant légèrement sur l'épaule... Vous acceptez, n'est-ce pas? Vous savez ce que le coffre-fort du comte renferme, et autant dans votre intérêt que dans celui de Sarah, il importe que certains papiers ne restent pas à l'hôtel de la rue de Varennes !

L'Aristo releva brusquement la tête.

— Et ces papiers, c'est à vous que je les remettrais?

— A qui donc pourriez-vous les remettre ?

— A elle-même !

— Elle ou moi, c'est la même chose !

— Qu'en savez-vous ?

— Vous iriez à Nice...

— Vous y retournez bien, vous !

— Sarah m'aurait fait part de ce désir si elle avait tenu à recevoir de vos mains les papiers qu'elle attend.

— Peut-être !

— En tous cas, il est inutile de parler pour ne rien dire... c'est à moi que vous remettrez les papiers ! L'heure s'avance, le temps passe, êtes-vous prêts à faire ce que je vous commande ?

Medzigot et l'Aristo échangèrent un long regard.

L'ancien jockey, par une mimique expressive, s'ingéniait à ébranler l'indécision de son compagnon d'infortune.

L'Aristo, dont le front s'était plissé à différentes reprises, semblait réfléchir ; une hésitation profonde se peignait sur son visage et à deux fois il se mordit les lèvres.

— J'accepte, finit-il par dire brusquement, Medzigot et moi nous sommes à vos ordres.

— Bien ! fit l'inconnu dont un éclair de joie inonda le regard ; bien... partons... il est déjà tard.

— Pardon, s'écria Medzigot... si c'était un effet de votre bonté, cher monsieur, vous seriez bien aimable de nous abouler des arrhes ; chat mouillé craint l'averse... et comme nous sommes plus que trempés... vous comprenez l'apologe, n'est-ce pas ?

Un sourire de dédaigneux mépris apparut sur les lèvres de l'homme.

— Vous vous méfiez de moi, Médéric Blin ?

— Moi ? Oh ! que non... seulement, vous savez... mieux vaut tenir que courir ! Et avec un petit acompte, payé gentiment d'avance, c'est extraordinaire comme on a du cœur à l'ouvrage !

— Soit, répondit l'inconnu... mais il est inutile de sortir des billets de banque ici. En route, je ferai droit à votre désir, parfaitement justifié d'ailleurs !

— Marchons, alors !

Un instant après, les trois hommes se trouvaient dans la rue.

Au coin de la rue Saint-Jacques, un fiacre stationnait ; l'inconnu fit signe à l'Aristo et à Medzigot d'y monter et, à son tour, il vint s'asseoir en face d'eux.

Le cocher devait avoir reçu ses ordres à l'avance, car, dès que la portière fut fermée, il toucha légèrement de la mèche de son fouet son cheval qui démarra sans trop se faire prier.

— Tenez, Medzigot, fit l'inconnu au bout de quelques minutes, voici votre part, tout à l'heure, je règlerai celle de votre ami.

Et tirant d'un élégant portefeuille cinq billets de banque de mille francs, l'homme les tendit à l'ancien jockey.

— Des fafiots de première classe ? Chouette alors, y a rien longtemps que j'en ai palpé de cette grandeur !

Et se soulevant de sur la banquette, Medzigot s'approcha de la lueur blafarde et vacillante de la lanterne pour contempler à son aise ses précieux chiffons de papier et pour s'assurer surtout de leur authenticité.

— Comment s'ouvre le coffre-fort ? murmura

l'Aristo qui, replié dans le fond de la voiture, avait gardé le silence depuis le départ du cabaret du *père Lunette.*

— Avec ceci, monsieur Jacques !

Et se baissant, l'homme retira de sous le coussin de la voiture un lourd marteau et deux ciseaux à froid.

— Vous êtes un homme de précaution, fit l'Aristo.

— Qui veut la fin veut les moyens, mon cher ! Et il faut à tout prix que la comtesse Sarah rentre en possession des papiers qui menacent son honneur et sa fortune.

— Et... si vous ne m'aviez pas trouvé ?

— J'aurais su toujours vous trouver, Jacques d'Artigues, aurais-je dû pour cela faire intervenir des influences puissantes !

— Des influences ? Lesquelles...

— Le préfet de police et le comte d'Etiolles lui-même !

Un brusque arrêt de la voiture fit retomber brutalement Medzigot sur la banquette et mit fin à la conversation de l'Aristo et de l'inconnu.

— Descendons, fit ce dernier, nous sommes arrivés...

La voiture avait stoppé à l'angle de la rue de Varennes et de la rue de Bourgogne, à une faible distance du boulevard des Invalides.

La rue de Varennes, peu animée en plein jour, était absolument déserte à cette heure de nuit ; quelques rares réverbères projetaient une lueur indécise sur les pavés, et des fenêtres aux volets clos, nulle clarté ne filtrait.

Medzigot avait enfoui dans la poche de la loque qui lui servait à la fois de paletot, de veston et de gilet, son trésor ; il suivit sans dire un mot l'Aristo et l'homme qui lui apparaissait comme un Crésus moderne descendu exprès et à temps voulu, de son olympique séjour, pour lui apporter une parcelle de ses richesses.

L'Aristo marchait silencieusement.

De ses mains fines et nerveuses, il avait empoigné les lourds outils qui devaient servir à effondrer le coffre-fort.

L'inconnu, le chapeau largement rabattu sur son front, marchait avec rapidité en frôlant les maisons.

Arrivés presque au milieu de la rue de Varennes, les trois hommes s'arrêtèrent devant un hôtel de fort belle apparence.

C'était la demeure du comte d'Etiolles, l'un des principaux fonctionnaires civils du ministère de la Guerre.

A côté de la vaste porte cochère dont les panneaux de chêne étaient garnis de gros clous d'acier, existait une seconde porte plus étroite.

L'inconnu s'en approcha, et sortant de sous sa blouse une clef à gorges multiples, il l'introduisit dans la serrure.

Sans bruit, le pêne sortit de sa gâche et la porte tourna sur ses gonds.

— Entrez ! dit l'inconnu, en s'effaçant contre le mur.

— Et vous ? fit L'Aristo.

— Je vous attends ici... Vous connaissez l'intérieur de l'Hôtel... allez, une veilleuse brûle dans la chambre du comte.

— Et si j'ai besoin de vous ?

— Vous n'aurez pas besoin de moi ! Dans une heure, votre ouvrage sera fait et vous toucherez les cinq mille francs que je vous ai promis, ici même, contre la remise des papiers de Sarah.

— Qui se trouvent placés au même endroit ?

— Dans un coffret d'argent ciselé, sur les tablettes du coffre-fort !

L'Aristo et Medzigot franchirent le seuil de la porte.

L'hôtel d'Etiolles était complètement inhabité ce soir-là.

Comme l'avait dit l'inconnu, la comtesse Sarah était à Nice depuis l'entrée de l'hiver et le comte était retenu cette nuit-là, comme cela lui arrivait très souvent d'aileurs, au Ministère de la Guerre, où ses délicates et fatigantes fonctions exigeaient sa présence.

Toute la domesticité avait accompagné Sarah sur la Côte d'Azur et le cocher, ainsi que les gens d'écurie avaient leur domicile non loin de là, dans une vaste remise du boulevard des Invalides, où se trouvaient également les écuries et les boxes des quatre chevaux de luxe qui faisaient l'envie des habitués du turf de Longchamp et des oisifs des Champs-Elysées.

Celui que l'inconnu avait appelé Jacques à plusieurs reprises, dès qu'il eut franchi le seuil de l'hôtel, s'arrêta pendant un court instant.

L'obscurité était profonde, et sous l'immense porche qui donnait sur la porte cochère, il essaya d'habituer ses yeux à ces ténèbres.

— Ça manque rien de chandelles, fit Medzigot à voix basse.

— Tais-toi.... donne-moi la main... et suis-moi hardiment... je connais malheureusement trop le chemin, hélas !

Au bout d'un instant, l'Aristo se dirigea sans hésiter vers le vestibule qu'une large baie vitrée séparait du porche et gagna l'escalier dont les marches de pierre, malgré l'épais tapis de velours rouge qui les recouvrait, résonnaient d'un bruit sourd sous leurs pas.

Les deux hommes montèrent au premier et s'arrêtèrent devant le palier.

Medzigot, malgré son apparence fanfaronne et son ton gouailleur, tremblait quelque peu et le visage de l'Aristo était livide.

— C'est la troisième porte ! dit-il à voix basse comme s'il eut peur d'entendre sa voix. Viens...

— Je ne te lâche pas, mais vrai, il fait rien noir, ici !

Les deux hommes s'avancèrent.

L'Aristo tourna le bouton d'une porte et une faible lueur apparut, filtrant d'une chambre voisine.

— C'est pas malheureux ! fit Medzigot, v'la les quinquets qui rappliquent.

L'Aristo et Medzigot entrèrent dans un petit salon précédant la chambre du comte, puis ils poussèrent la porte.

Comme l'avait dit l'inconnu, une veilleuse brûlait sur la cheminée et sa lueur vacillante se reflétait dans la glace en répandant une lumière timide et discrète.

Cette chambre était luxueusement meublée, de larges tentures de couleur sombre masquaient en partie les fenêtres et les portes, et le lit, placé dans l'angle de cette pièce aux murs recouverts d'étoffe, disparaissaient entièrement sous les plis des rideaux surmontés d'un vaste baldaquin. Des chaises, des fauteuils étaient dispersés çà et là ; un bureau plat en vieil acajou ciré et incrusté de cuivres polis occupait le milieu de la chambre et sa masse sombre tranchait violemment sur l'épais tapis aux tons clairs qui recouvrait le plancher.

A la tête du lit, encastré dans la muraille, un immense coffre-fort dont les arêtes d'acier brillaient d'un éclat intense dans cette demi-obscurité, était grandement ouvert.

Medzigot prit la veilleuse et s'approcha.

A la vue de ce coffre béant, l'Aristo ne put s'empêcher de pousser un faible cri.

— Que signifie ? dit-il. Cet homme m'a trompé !

Et plongeant ses mains dans le coffre, il en explora rapidement les tablettes.

Elles étaient encombrées de papiers, de lettres, d'enveloppes vides, mais portant l'empreinte de larges cachets de cire, froissées et lacérées.

Çà et là des billets de banque et quelques rouleaux d'or éventrés ; des titres, des obligations réunis en liasses formaient des paquets volumineux ; et en bas, sur la dernière table, derrière des fouillis de coupures de journaux au papier jauni, un coffre d'argent apparut.

— Voici ce que nous cherchons ! dit l'Aristo en saisissant cet objet. Maintenant, nous n'avons plus rien à faire ici... Viens, Medzigot !

Et, se relevant, il se dirigea vers la porte.

Mais Medzigot n'avait pas entendu.

Il avait fait un paquet des billets de banque et des rouleaux d'or et s'apprêtait à les enfouir dans sa poche où se trouvaient déjà les cinq mille francs de l'inconnu.

A cette vue, l'Aristo s'arrêta.

— Que fais-tu là, Medzigot, dit-il d'une voix brève.

— Tu le vois, mon vieux !... Tu as ton butin... je prends le mien ! Mais n'aie crainte... nous partagerons loyalement.

— Remets cet or à sa place, Medzigot ! fit impérieusement l'Aristo.

— Hein ? Il faut que je...

— Obéis, te dis-je ! Cet or ne nous appartient pas, laisse-le à son maître.

— Ah bah ! Et le coffret ?

— Je ne vole pas, ami, je sauve l'honneur d'une femme !

Et d'une main, il releva Medzigot toujours agenouillé devant le coffre-fort béant.

— Partons, ajouta-t-il, il faut maintenant que je cause avec le... confident de la comtesse Sarah !

Quelque peu décontenancé par les paroles de son ami, l'ancien jockey fit contre fortune bon cœur, et après avoir poussé un profond soupir, il suivit l'Aristo.

Devant les lourdes tentures qui masquaient le 'it, il s'arrêta.

— C'est-y pas dommage de coucher sous les ponts quand il y a des lits si rupins qui sont vides, dit-il en manière de consolation.

Et d'un geste brusque, il écarta les rideaux pour contempler cette couche somptueuse... et inutile.

Un double cri d'épouvante et d'horreur sortit à la fois des poitrines des deux hommes qui se reculèrent instinctivement.

Sur le lit en désordre, un homme presque nu était étendu.

C'était le comte Sigismond d'Etiolles.

Une large flaque de sang maculait sa poitrine et inondait les couvertures et les draps ; dans sa gorge tranchée de part en part, de gros caillots noirâtres s'étaient accumulés ; un de ses bras pendait lamentablement en dehors du lit, tandis que les doigts de son autre main se crispaient sur un cordon de sonnette enfoui dans les plis des tentures.

Devant ce spectacle terrifiant, Medzigot et l'Aristo restèrent muets, glacés d'épouvante et d'horreur.

Les yeux du comte, grands ouverts, se fixaient sur eux ; un rictus effrayant tordait ses lèvres et son visage, déjà froid, semblait les narguer jusque dans la mort.

— Ah ! le gueux, s'écria l'Aristo en prenant la veilleuse et en l'approchant du cadavre, c'est lui qui a fait le coup !

— Lui ? Qui... lui ? fit Medzigot dont tous les membres tremblaient.

— Celui qui nous a envoyés ici... et c'était pour...

Il n'acheva pas.

Un bruit confus de pas pressés se fit entendre dans l'escalier, et un murmure de voix vint frapper ses oreilles.

— Perdus... nous sommes perdus, fit l'Aristo en étreignant le bras de son ami : c'est une trame épouvantable tissée contre moi... malédiction sur lui.... malédiction sur elle.

— Que faire alors ? On va nous accuser d'avoir tué ce bonhomme. Ah ! zut, alors... nous v'là propres !

Pendant dix secondes, dix siècles, l'Aristo resta là, immobile, haletant, pétrifié.

Puis, brusquement, il poussa un cri rauque.

— Viens, dit-il d'une voix à peine distincte, viens... nous sommes sauvés !

D'un bond, il traversa la chambre et se précipita dans le petit salon-boudoir attenant à la pièce tragique.

Là, à tatons, d'une main tremblante, il souleva une lourde tenture qui lambrissait le fond de cette

chambre... puis il palpa les moulures qui faisaient saillie sur le mur nu et froid.

Un bruit sec se fit entendre... un panneau
tourna lentement sur lui-même et une large
béance apparut.

L'Aristo attira violemment à lui son compagnon
de misère.

Une seconde après, le pannèau avait repris sa
place primitive, complètement masqué par les
épaisses tentures.

Il était temps, une douzaine de sergents de ville,
précédés d'un commissaire de police, faisaient
presque aussitôt irruption dans cette chambre.

II

AMANT ET MAITRESSE

Dès que l'Aristo et Medzigot eurent disparu sous le porche de l'hôtel d'Etiolles, l'homme mystérieux s'adossa contre la porte cochère et, croisant les bras, il attendit...

— Allons, murmura-t-il tandis qu'un sourire apparaissait sur ses lèvres, j'ai réussi sans me compromettre... j'ai pu conquérir ces précieux papiers, et Sarah sera à ma merci par la crainte du passsé! Quant à Jacques d'Artigues... il se taira... sinon... Pourquoi parlerait-il, d'ailleurs? Je vais lui rendre les papiers qui l'intéressent, avec l'or que je lui ai promis, il peut tenter encore une fois la Fortune, et si la chance lui est favorable, ce n'est pas lui qui dévoilera les secrets d'autrefois. Moi, je suis arrivé à mon but. Demain, j'aurai quitté Paris:... pour longtemps peut-être... et quand j'y rentrerai, personne n'osera reconnaître, sous le costume que je porterai, l'ancien Baron Frédéric de Lignolles.

Pendant un instant, l'homme se tut.

Puis il fit quelques pas sur le trottoir, et machinalement ses yeux se portèrent sur les fenêtres du premier étage.

Le silence le plus complet régnait dans la rue de Varennes. Au loin, le murmure assourdi du mouvement parisien ne se faisait entendre que d'une façon confuse ; les lueurs discrètes des rares réverbères plongeaient les maisons dans une sorte de pénombre opaque et seul ; de temps à autre, le roulement éloigné des voitures rompait la monotonie de ce calme profond.

Un imperceptible filet de lumière filtrait à travers les volets de la chambre occupée par le comte d'Etiolles. Sur cette lueur, l'homme fixa ses regards anxieux et ardents et ce fut d'une voix sourde qu'il dit :

— Allons, tout marche... tout marche à mes souhaits. Le pauvre Jacques travaille pour moi et demain...

Il s'arrêta. Un bruit de pas précipités se fit entendre, et à l'extrémité de la rue de Varennes, une masse sombre apparut.

— Au diable les importuns ! s'écria l'homme ; qui peut bien venir troubler ainsi...

Le bruit se rapprochait avec rapidité, et à la lueur d'un réverbère, l'homme reconnut avec stupéfaction l'uniforme des sergents de ville.

— Ah ça, dit-il, que s'est-il donc passé ce soir rue de Varennes pour que la police s'y précipite avec un tel déploiement d'agents? Eh... eh... soyons prudent... avec ces messieurs-là, il faut garder ses distances.

L'homme se coula le long de l'hôtel d'Etiolles et alla se poster à l'encoignure d'une porte voisine.

Puis, profitant de l'obscurité qui régnait à cet endroit, il traversa la chaussée et vint se coller derrière un des larges piliers de pierre qui soutenaient le balcon d'une maison située presque en face l'hôtel d'Etiolles.

Là, à l'abri de tout regard indiscret, il attendit.

Un instant après, son étonnement se changea en stupeur.

Les sergents de ville s'arrêtaient devant l'hôtel du comte d'Etiolles et s'engouffraient sous la porte laissée entr'ouverte par l'Aristo et son compagnon.

Immobile, appuyé contre le pilier, l'homme éprouva une commotion étrange; il sentit une sueur froide inonder son visage et une angoisse subite étreignit sa gorge.

Que s'était-il donc passé depuis le tantôt où, en compagnie de Sarah, il avait été au Bois? Qu'y avait-il donc eu à l'hôtel?

Pour quels motifs la police, la police ordinaire, entrait-elle chez un homme tel que le comte et quelle urgente nécessité la forçait à venir chez lui à une heure aussi indue?

Et il s'abîmait dans ces réflexions, quand des gens, des oisifs et des badauds, les noctambules habituels du boulevard des Invalides, attirés par la vue et la marche rapide des sergents de ville, s'empressèrent de leur emboîter le pas et de faire irruption dans la paisible rue de Varennes.

Trente ou quarante personnes étaient là, maintenant, devant la porte de l'hôtel fermée à la hâte, nul ne savait ce dont il s'agissait, nul ne connaissait le nom des êtres qui habitaient dans cette demeure à l'extérieur somptueux, nul ne soupçonnait la cause de l'irruption de la police à une heure aussi indue... mais tous péroraient à perdre haleine, échafaudaient des récits des plus dramatiques, et bientôt ces trente ou quarante individus soutenaient *mordicus* que chacun d'eux seul avait raison.

Profitant de la présence de cette foule qui débordait le trottoir et avait envahi la chaussée, l'homme avait abandonné son pilier et s'était avancé, et là, au milieu de ces gens discutant et gesticulant, il prêta une oreille attentive.

Et brusquement, la petite porte s'ouvrit et donna passage à un brigadier de sergents de ville.

La foule se précipita vers le représentant de la

force publique, et de toutes parts on demanda ce qui se passait.

L'agent, malgré les efforts qu'il faisait pour se frayer un passage à travers cette cohue, ne put avancer et pour se débarrasser de ces importuns, il s'écria, d'une voix forte :

— C'est le comte d'Etiolles qui a été assassiné !

Un silence profond et prolongé remplaça les rumeurs.

Le nom du comte était connu ; on le lisait tous les jours dans les journaux, on connaissait de vue ce grand vieillard aux longs cheveux blancs et à la large barbe en éventail dont les photographies s'étalaient à toutes les devantures des boutiques des Arcades de la rue de Rivoli et tout le monde connaissait la haute situation qu'il occupait au Ministère de la Guerre. Et cette brutale nouvelle provoqua la consternation.

—Assassiné... le comte ? Et par qui ? dit une voix.

— On n'en sait rien !... répondit le brigadier.

— Quand ce meurtre a-t-il été commis ?

— Ce soir, c'est probable !... Mais laissez-moi passer, je cours prévenir le parquet par télégramme.

A son corps défendant, la foule fut obligée de faire place à l'agent qui disparut au pas de course dans la direction des Invalides.

Et peu après, les réflexions et les propos reprirent leurs cours.

Aux paroles du sergent de ville, l'inconnu, qui s'était insensiblement faufilé jusqu'à la porte de l'hôtel, ne put maîtriser un mouvement de stupeur et son visage était devenu livide.

Pendant un instant, il resta là, immobile, les yeux fixes, la gorge serrée.

Puis, brusquement, il se dégagea de l'étreinte de la foule et se dirigea vers le boulevard des Invalides.

Dix minutes après, il marchait à grands pas sous les grands arbres dénudés de l'Esplanade.

Là, il jeta un long regard autour de lui.

La place était déserte, l'obscurité était profonde, et nul bruit ne se faisait entendre.

D'un tour de main, il enlevait sa coiffure et sa longue blouse blanche, en faisait un paquet et l'abandonnait au pied d'un arbre.

Puis il s'approcha d'un banc et s'y laissa tomber,

— C'est la Fatalité, dit-il d'une voix sourde. Le comte d'Etiolles assassiné ! Et Jacques d'Artigues... là-haut, dans cette chambre, en train de forcer le coffre-fort juste au moment même de l'arrivée de la police ! Mais... qui donc a tué le comte ? Quand ce meurtre a-t-il été commis... à quel motif, à quelle cause attribuer ce crime ?

Et si Jacques parle, s'il dit qui je suis... si cet imbécile de jockey raconte encore qu'il a vu Sarah dans la journée.... quelques heures avant l'assassinat de son mari !... tout est perdu... tout... tout !

Et l'homme, malgré le froid qui faisait trembler ses mains, épongeait son front couvert de sueur.

— Et que faire ? Attendre... savoir la vérité ? C'est risquer gros, peut-être ! Partir... rejoindre Sarah, c'est risquer davantage, encore ! Informer là-bas, écrire à Hans... ce serait tout compromettre si ma lettre tombait entre des mains ennemies ! Que faire... que faire ?

Et pendant une heure, sans même prendre garde au froid qui envahissait tout son corps, sans même sentir la bise aiguë qui cinglait sa tête nue, l'homme resta là, pensif, immobile et angoissé, ne sachant à quelle ligne de conduite il devait s'arrêter.

Trois tintements se firent entendre à l'horloge de l'Hôtel des Invalides, et ce bruit argentin vint l'arracher à ses sombres pensées.

— Trois heures ! dit-il en se levant brusquement, il est trop tard pour partir ! Rentrons, au jour, je connaîtrai des nouvelles exactes, et d'après ce que je saurai, j'agirai... Tout n'est pas perdu encore...

Et, d'un pas rapide, il traversa le vaste Esplanade aux arbres séculaires qui formaient une forêt devant la maison de retraite des Vieux Braves, s'engagea sur le quai d'Orsay, traversa le pont de la Concorde et, sans regarder derrière lui, indifférent et songeur, il vint sonner à la porte d'une maison d'assez belle apparence de la rue Saint-Honoré.

La porte ouverte, l'homme jeta le nom de Duplessy au concierge et monta quatre à quatre l'escalier obscur.

Arrivé sur le palier du cinquième étage, il s'arrêta.

Quelques instants après, il se trouvait dans un modeste logement, aux meubles usagés et aux murs presque nus.

— Allons, dit-il en prenant place devant un immense bureau encombré de dossiers, de papiers et de documents annotés au crayon rouge ; ne perdons pas de temps ! les heures, les minutes sont comptées !

Et d'une main fébrile, il fit un triage dans ces paperasses, jetant celles qu'il considérait comme inutiles dans l'âtre, plaçant sur une chaise celles qu'il réservait.

Deux heures après, il sortait de cette maison et se dirigeait vers le Palais-Royal...

Cet homme qui venait de donner le nom de Duplessy en passant devant la loge du concierge, était grand, fortement musclé et d'aspect vigoureux. Il paraissait avoir quarante ans à peine ; son visage expressif, entouré d'une longue barbe d'un blond cendré, dénotait une volonté énergique ; son regard, tamisé par de longs cils, était empreint de douceur et de bonté, et l'épaisse chevelure quelque peu bouclée qui auréolait sa tête, apportait à sa physionomie un cachet de profonde distinction, tout en rappelant la silhouette mélancolique et rêveuse des langoureux amoureux de la froide Germanie.

Cet homme n'avait, rue Saint-Honoré, qu'un simple pied à terre, et sous le nom de Duplessy, il n'y habitait que d'une façon irrégulière. Là, principalement le soir et quelquefois pendant des nuits entières, à l'abri des indiscrétions et des regards indiscrets, il travaillait en silence ; annotait, avec des signes indéchiffrables, des lettres, des papiers, des rapports, décalquait des écritures compliquées, corrigeait des textes fraîchement imprimés et, sa tâche remplie, il faisait un paquet de son travail et l'emportait précieusement avec lui après avoir jeté dans le feu de la cheminée ce qui lui paraissait inutile de conserver.

Puis, sans bruit, après avoir fermé la porte de sa chambre et celle de son logis à l'aide de deux clefs de sûreté, il quittait l'immeuble de la rue Saint-Honoré ; et, après un arrêt de courte durée dans une maison mystérieuse des environs du Palais-Royal, toujours à pied, il rentrait dans une élégante et riche demeure de l'avenue des Champs-Elysées.

Là, Duplessy était inconnu de visage et de nom.

Avant de sortir de la mystérieuse maison des environs du Palais-Royal, et qui n'était autre que le logis secret du premier attaché d'ambassade de Prusse, d'un tour de main barbe et chevelure disparaissaient...

C'était un homme à la tournure d'acteur, à la face finement rasée et au teint frais et rose, qui rentrait avenue des Champs-Elysées, et portier, valets et domesticité s'inclinaient respectueusement devant le baron Frédéric de Lignolles, un des sportsmen les plus en vue des champs de courses parisiens et du demi-monde où l'on s'amuse.

Le « baron Fred » comme on l'appelait couramment sur le turf et dans le monde où l'on joue, jouissait d'une fortune des plus respectables; son train de maison était considérable, et bien qu'il fut célibataire, ses réceptions du mardi étaient des plus courues.

Là, chaque semaine, après un dîner d'intimes, tout le Paris mondain, joueur et oisif, y donnait ses rendez-vous. Journalistes, actrices à la veille d'être célèbres, politiciens d'avenir, officiers, cercleux, demi-mondaines, financiers, blasonnés à grande et petite particule, reporters avides de nouvelles et de cancans, étrangers de marque..... et même de contre-marque, se pressaient dans les salons somptueux de l'hôtel des Champs-Elysées... Jusqu'à l'aube naissante, on s'y coudoyait sans gêne ni façon, on taillait des « bac » et des « banque » avec animation, on parlait, on chuchotait, on potinait aux accents d'une valse ou d'une contre-danse à la mode... Et comme les buffets étaient admirablement dressés, comme les petites tables de jeu étaient toujours encombrées, comme les lourdes tentures des fenêtres ou des portières permettaient à chacun ou à chacune de dire à voix basse et rapide quelques mots à l'oreille du voisin ou de la voisine, chacun y trouvait son plaisir et y apportait son charme personnel.

Et depuis cinq ans bientôt que le baron Fred était à Paris, son plus grand bonheur était de contempler la rayonnante gaîté que, chaque mardi, apportaient ses invités, de plus en plus nombreux dans sa luxueuse demeure.

D'où venait le baron Fred ?

Personne ne le savait au juste et même ceux qu'il traitait d'intimes n'en savaient pas plus long que les autres à ce sujet.

Il était originaire du canton de Berne, en Suisse, mais sa famille était française. Les de Lignolles avaient même possédé d'immenses propriétés en Alsace et dans les Vosges, mais seul le baron Frédéric subsistait de cette antique famille et avait vendu ces domaines, beaucoup trop considérables, pour qu'il put s'en occuper sérieusement lui-même.

Et comme le descendant de cette riche lignée était jeune et beau, comme les mets de sa table étaient succulents, comme sa bourse était toujours à la disposition de ceux qui en avaient besoin, surtout pour les jours de malchance à Auteuil et à Longchamp, et pour les nuits de déveine au bac et au poker, nul ne s'inquiétait de connaître exactement son acte de naissance ou ses poudreux parchemins.

Et pendant les deux mois que, chaque année, le baron Fred s'absentait pour aller respirer l'air pur des montagnes de son pays, ses hôtes habituels ressentaient avec une tristesse profonde le vide que ce départ faisait dans leurs coutumières habitudes.

En quittant la maison mystérieuse des environs du Palais-Royal, le baron de Lignolles regagna précipitamment son hôtel.

Sans même faire attention au valet de pied qui s'était mis immédiatement à sa disposition, il monta à ses appartements et s'enferma dans la bibliothèque attenant à sa chambre à coucher.

Là, au milieu d'un profond silence, il se livra

au même travail que dans son logis de la rue Saint-Honoré.

Seulement, ce n'était plus d'un simple bureau qu'il sortait des papiers, des dossiers, des liasses entourées de ficelle rouge ou fermées par de vastes enveloppes cachetées de cire.

Dans un immense coffre de fer, aux serrures solides et compliquées, il se mit à enfouir avec précipitation ces paquets de lettres, ces dossiers, ces enveloppes qu'il retirait des tiroirs à double fond de la bibliothèque en chêne massif dont il avait fait jouer le secret. Des liasses de parchemins, des chemises de différentes couleurs et de dimensions inégales vinrent s'empiler dans le coffre, les tiroirs truqués de la bibliothèque furent bientôt vides et de Lignolles, appuyant son doigt sur une moulure, fit basculer le panneau de chêne sculpté qui masquait entièrement ce double fond.

— Allons, dit-il après avoir fermé le double cadenas du coffre ; le plus important est fait et dans deux heures...

Puis il se dirigea dans la pièce luxueusement meublée qui lui servait de chambre à coucher.

Après avoir ouvert le panneau d'une armoire à trois glaces, il fit ébouler une pile de linge. Derrière ces draps auxquels on ne devait jamais toucher, sans doute, car la serrure qui permettait d'ouvrir ce compartiment était à secret, et Frédéric

on avait la clé dans sa poche, se trouvait une sorte
de casier fermé par de minuscules clous d'acier.

De Lignolles fit une pesée sur l'un des clous…
un bruit sec se fit entendre et la paroi du casier se
rabattit.

Là, dans ce réduit à peine grand comme une
armoire de « ménages » d'enfants, des billets
de banque en liasses compactes se trouvaient em-
pilés.

De Lignolles prit ces liasses et les emporta sur
son lit.

— Ce que j'avais prévu arrive ! murmura-t-il
sourdement ; et personne ne pourra jamais soup-
çonner que je porte plus de six cent mille francs
dans les poches de mon pardessus. Enfin, tôt ou
tard, ce départ forcé devait s'effectuer, et il est
encore moins dangereux que je ne le craignais…
ne perdons pas de temps… l'heure approche.

Rapidement, il fit sa toilette, revêtit des vêtements sombres et d'une coupe irréprochable ; puis,
après avoir allumé un cigare, il s'étendit sur un
sopha.

Et là, enveloppé d'un nuage de fumée, il laissa
errer sa pensée.

Sept heures tintèrent faiblement à une pendule
de style rocaille, merveille d'horlogerie et de bijou-
terie.

De Lignolles tressaillit.

Puis, d'un bond, il se leva et tira le cordon de sonnette qui pendait à coté de la cheminée.

Un instant après, un valet entrait dans la chambre.

— Le courrier est arrivé ?

— Le voici, monsieur le baron.

— C'est bien... faites atteler pour huit heures.

— Quelle voiture le cocher doit-il prendre ?

— Le coupé à deux chevaux.

Le valet s'inclina et sortit.

Sur un plateau d'argent, des lettres, des cartes de visite et des journaux étaient pêle-mêle.

De Lignolles prit d'abord un journal, en fit sauter la bande et le déplia anxieusement.

Son attente ne fut pas déçue...

En manchette, imprimé en caractères énormes, s'étalait un « Premier-Paris » sensationnel :

« LE CRIME DE LA RUE DE VARENNES »

De Lignolles lut avec une attention fébrile l'article d'un des maîtres du reportage parisien.

« Hier, à une heure tardive de la soirée, deux sergents de ville en tournée réglementaire dans les environs de la place Vendôme, trouvaient à quelques pas de la jonction des rues de Rivoli et Castiglione, à l'entrée d'un regard d'égout obstrué

par la neige des jours derniers, une serviette en
maroquin... Cette trouvaille, qui n'avait rien d'insolite, plongea les agents dans une profonde stupéfaction quand, ayant retiré cet objet de la bouche
l'égout, ils constatèrent, à la lueur d'un bec de
gaz, que cette serviette était maculée de larges
taches de sang ! Flairant un drame, les deux
agents s'empressèrent d'apporter cette serviette au
poste et là, le brigadier de service éprouva une
commotion violente. La serviette, aux nombreuses
poches vides, portait, gravé dans le cuir même, le
nom de son propriétaire, le comte d'Etiolles,
le haut et sympathique fonctionnaire du Ministère
de la Guerre. Télégraphier au Parquet, prévenir
le commissaire de police, fut l'affaire d'un instant,
et, vers une heure du matin, les magistrats arrivaient rue de Varennes où ils avaient été précédés
par le zélé commissaire de police du quartier de la
place Vendôme, accompagné d'une douzaine de
sergents de ville. La porte de l'hôtel était
ouverte ; et, au premier étage, dans la chambre à
coucher, on trouva étendu sur son lit le corps
du malheureux comte d'Etiolles... Ce n'était plus
qu'un cadavre ! Il reposait dans une mare de sang ;
sa gorge était effroyablement tranchée, et dans les
caillots de sang, on retrouva l'instrument du
crime... une sorte de lame acérée et tranchant
comme un rasoir, telle que celles dont se servent

les cordonniers. Un coffre-fort, en partie scellé dans le mur, était ouvert ; des papiers étaient disséminés çà et là sur le tapis, et une veilleuse jetait ses timides lueurs sur cet horrible spectacle ! Le cadavre de l'éminent fonctionnaire, dont les attaches avec l'entourage immédiat de l'Empereur n'étaient ignorées de personne, n'était pas encore rigide ; donc, le crime ne devait pas remonter à plus de quatre ou cinq heures à peine, et toute hypothèse de suicide devait être écartée. Il paraîtrait, d'après des on-dit de haute-valeur, que des papiers et des documents d'une importance capitale auraient été volés dans le coffre-fort. Quant aux titres et autres valeurs que possédait le comte, les magistrats les ont trouvés intacts. Ce drame, appelé à causer dans le monde politique et dans la haute société parisienne une impression profonde, a dû se passer vers les dix heures du soir. Toute la domesticité avait quitté l'hôtel depuis plusieurs semaines, et le comte lui-même ne rentrait rue de Varennes que fort tard ; il devait même quitter Paris vers la fin du mois, pour aller retrouver la comtesse d'Etiolles à Nice où elle se trouve depuis l'entrée de l'hiver. C'est cette solitude, certainement connue, qui a été mise à profit par le misérable assassin. Vu l'heure tardive et au moment de mettre sous presse, nous prions nos lecteurs d'attendre à demain pour connaître le fond mystérieux de cette ténébreuse affaire. »

Frédéric de Lignolles lut cinq ou six journaux. Tous relataient le sinistre événement à peu près dans les mêmes termes ; aucun d'eux ne parlaient ni de l'Aristo ni de Medzigot, ni d'un individu quelconque trouvé à l'hôtel pendant la perquisition de la police.

— Que sont-ils devenus ? ne put s'empêcher de murmurer de Lignolles, se cacher ? où... comment... à l'arrivée des sergents de ville ils étaient occupés à défoncer le coffre-fort... mais non, puisqu'au dire des journaux le coffre-fort était déjà ouvert par le meurtrier. Alors, quoi ?

De Lignolles se leva.

Et son visage devint effroyablement pâle...

— Mille tonnerres ! s'écria-t-il d'un accent rauque. Le coffret, ils ont le coffret, et c'est moi, moi, qui le leur ai livré ! Ah, malédiction, je suis perdu... et je perds ma puissance sur Sarah !

D'un geste brusque, il ramassa les journaux, les lettres, les cartes et les enfouit dans ses poches... puis il s'approcha du lit, prit les liasses de billets de banque et les introduisit d'une main convulsée dans la poche intérieure de sa redingote.

Il poussa un profond soupir et vint contempler son visage dans l'une des glaces qui lui réfléta la pâleur mortelle de ses traits.

Un instant après, il sortait de sa chambre et sonnait un valet.

— Descendez cette malle, dit-il d'un ton bref au domestique qui était accouru à son violent coup de sonnette ; et placez-là sur la banquette du coupé... je vais à Mâcon, chez le vicomte d'Hermil... j'y resterai huit jours, et c'est de là que je décommanderai les invitations de mardi.

Le valet s'inclina et chargea péniblement le coffre sur ses épaules.

A huit heures et demie, le baron de Lignolles était à la gare de Lyon, et, quelques instants après, il montait dans l'express de la Côte-d'Azur.

Le lendemain, un soleil radieux illuminait l'horizon quand, après avoir passé une journée et une nuit entière dans le coin de son compartiment, le baron Fred, la tête en feu et les idées bouleversées, arriva à Nice.

Il était neuf heures, et, malgré cette heure matinale, une température déjà élevée remplissait l'atmosphère de tièdes effluves parfumés par la flore resplendissante du pays d'Azur et dans le ciel sans nuage et d'une pureté diaphane qui s'étendait à l'infini, les mille gazouillis des oiseaux se répercutaient en de multiples échos

De Lignolles sauta dans la première voiture qu'i

trouva à la sortie de la gare et se fit conduire à la Villa des Roses.

Moins d'une demi-heure après, il sonnait à la grille d'un des plus luxueux pavillons de la ville mondaine et cosmopolite, perdu au milieu d'un inextricable fouillis de plantes, d'arbustes et de buissons dont les feuilles et fleurs, au début de leur épanouissement, formaient un rideau de verdure, mouvant et parfumé.

Au coup de cloche, un valet apparut.

— Madame la comtesse est de retour ? demanda Frédéric d'un ton bref.

— Oui, monsieur le baron.

— Faites-lui dire, par sa femme de chambre, que je désire lui parler.

— Madame n'est sans doute pas encore levée, monsieur le baron.

— Comment... à cette heure...

— Depuis hier matin, madame n'a pas quitté son appartement.

— N'importe... faites-la prévenir par Marietta.

Le valet s'inclina et, suivi de Frédéric, il se dirigea vers le pavillon d'habitation.

Une accorte soubrette, à la mine des plus éveillées et aux manières délurées, après avoir écouté gravement les paroles du valet, fit un signe imperceptible à Frédéric.

— Si monsieur le baron veut se donner la peine

d'attendre dans le petit salon, dans un instant, madame la comtesse sera auprès de lui.

Et, légère comme une gazelle, elle disparut après avoir installé de Lignolles dans une véritable bonbonnière aux tentures d'un bleu tendre, aux meubles minuscules laqués or, et aux fenêtres masquées par de longs velums diaphanes qui tamisaient discrètement les rayons du soleil venant se jouer dans ce boudoir frais et parfumé de délicates senteurs.

Cinq minutes après, la porte s'ouvrait et la comtesse Sarah apparaissait, simplement vêtue d'un élégant déshabillé de plumetis garni d'entre-deux et de volants de Valenciennes, les épaules frileusement cachées sous une mantille de dentelle crème.

Celle que le Tout-Paris mondain nommait la *Belle Sarah* était digne de ce nom et de sa réputation.

Bien que frisant déjà les approches de la quarantaine, l'épouse du comte d'Etiolles ne semblait pas avoir plus de trente ans. Grande, assez forte, son peignoir trahissait des formes exquises ; une abondante chevelure blonde couvrait ses épaules, de grands yeux bleus, abrités par de longs cils, illuminaient son visage ; sur une bouche aux lèvres rouges comme des grenades mûres, et laissant entrevoir une double rangée de dents admirables, coloris d'un rose pâle donnait à son visage grâce et un charme tout juvénile.

A l'entrée de Sarah, de Lignolles s'était [...] brusquement.

Sarah, avec un élan de passion véritable, se pré- cipita à sa rencontre.

— Mon Fritz, te voilà donc enfin, s'écria-t-[...]

Mais, au contact glacé de [...] elle recula.

— Qu'as-tu, que signifie...

— Tu ne connais donc pas la nouvelle, Sara[h] ?

— Quelle nouvelle ? Parle... tu m'épouvant[es]

— Avant-hier soir, le comte d'Étiolles a [été] assassiné !

— Assassiné..., lui...

Et la comtesse Sarah poussa un cri, [...] ses doigts se crispaient sur les bras de [...]

— Tu ne connais pas d'ennemi à ton [...] dit-il d'une voix lente.

— Non...

— Alors... comment expliquer ce meurtre ?

— Qu'as-tu appris...... comment peux-tu.

— Ecoute, Sarah... le drame qui vient de se perpétrer rue de Varennes n'est pas un fait banal... un être avait un motif puissant pour faire disparaître le comte d'abord, et pour s'emparer des papiers ensuite.

— Les papiers... quels papiers ?

— Ceux qu'il pouvait avoir chez lui, ceux qu'il tenait du ministre de la Guerre lui-même...

— Pourquoi faire...

— Ce n'est pas à toi de me le demander, Sarah ! Il se fit un profond silence.

La comtesse s'était affaissée sur un sopha et Frédéric était venu s'asseoir auprès d'elle.

— Quand es-tu rentrée à Nice ? demanda brusquement de Lignolles.

— Hier matin, à huit heures.

— Et en me quittant, avant-hier, à cinq heures, à la gare de Lyon, tu n'es pas... rentrée à Paris ?

— Moi ? pour quel motif ?

— Ainsi, ce n'est pas toi qui, pour rentrer en possession du coffret qui contenait tes secrets et l'adresse de ton...

La comtesse Sarah se leva d'un bond.

Ses traits se crispèrent violemment et son visage, si beau et si pur, devint d'une lividité effroyable.

— Ainsi, c'est toi... toi qui m'accuses d'avoir assassiné mon mari ?

— Pourquoi pas ? répondit froidement de Lignolles.

Sarah poussa un cri rauque.

— Lâche ! dit-elle d'une voix sifflante ; tu accuses les autres d'un crime dont tu étais capable.

— Malheureuse... que dis-tu ? Tu as l'infamie de prétendre...

— Ne m'accuses-tu pas toi-même ?

— Ton intérêt ne te recommandait-il pas de rentrer en possession du coffret.

— Et les papiers qui te concernent t'étaient utiles également.

— Ils étaient d'intérêt moindre pour moi que pour toi ! Et si, pour exécuter ta volonté, j'ai été forcé d'aller rue de Varennes, des témoins sont là pour affirmer, s'il est nécessaire, qu'à l'heure où l'on assassinait ton mari, j'étais à la recherche de celui en qui tu avais placé toute ta confiance pour voler chez le comte les objets qui t'étaient si précieux !

— Puisque tu ne pouvais agir seul, il était naturel que j'aie recours à un ami sûr et dévoué, et seul, Jacques d'Artigues était digne de mon entière confiance.

— Puisses-tu ne pas être trompée dans tes espérances, Sarah, car, à l'heure actuelle, c'est Jacques qui est en possession de tes secrets... et des miens !

— Jacques ? je ne comprends pas...

— Tu ne comprends pas ?

— Mais puisque le comte était assassiné...

— Ecoute, voici ce que je sais et ce que j'ai appris par les journaux d'hier. Et ce soir, nous saurons ce qui s'est passé là-bas depuis mon départ...

Et lentement, de Lignolles raconta à Sarah ce qui s'était passé rue de Varennes après l'entrevue qu'il avait eue avec Medzigot et Jacques d'Artigues, connu maintenant dans le bouge du père Lunette sous le sobriquet de l'Aristo.

Puis il lui montra les journaux relatant le crime mystérieux.

— Et Jacques, qu'est-il devenu ? fit Sarah après un long silence.

— Je l'ignore ! A l'arrivée des gens de police, il a dû se cacher et éviter...

— Se cacher ! s'écria la comtesse... où ? c'est impossible !

Et subitement, une coloration violente empourpra ses joues.

— Qu'as-tu ? fit Frédéric qui remarqua ce brusque changement.

— Rien ! Je pense que peut-être l'assassin du comte s'était emparé du coffret avant l'arrivée de Jacques et qu'alors nos secrets sont à la merci de ce misérable !

— C'est encore possible !

— C'est certain..... et alors, maître de notre secret, il peut faire de moi ce qu'il voudra !

— Peut-être ! Quel intérêt peut avoir pour le meurtier du comte d'Etiolles le contenu de ces papiers ? Aucun !

— Vous oubliez, Frédéric, qu'ils renferment l'aveu du passé et les renseignements sur celui que je pleure depuis vingt ans.

— Que lui importe !

— Et la preuve de nos attaches avec Wilhem Loëb... de Berlin ?

— Et puis après ? Il fallait s'attendre depuis longtemps à être brûlés d'un jour à l'autre ! Donc, voici la situation... ou bien Jacques a nos papiers, ou bien ils sont dans la poche d'un inconnu.

— Si Jacques d'Artigues les possède, nous n'avons rien à craindre de lui...

— Si, il connaitra l'adresse...

— Qu'importe, encore une fois ! Vingt ans se sont passés, la plaie faite autrefois à son cœur doit être cicatrisée, et toi, toi surtout, tu n'as rien à redouter. Si, au contraire, c'est un inconnu qui détient ces pièces, nous n'avons qu'une seule chose à faire, ma chère Sarah...

— Laquelle ?

— Nous réfugier auprès de ceux qui sont nos maîtres !

— C'est la disgrâce... la honte !

— Bah ! nous avons la fortune… cela nous suffit !
En tous cas, moi, aujourd'hui, je pars…

— Où vas-tu ?

— Chez Hans Müller.

— Et moi… tu m'abandonnes ?

— Nullement… écoute ! Sans aucun doute, tu
seras obligée de rentrer à Paris, je m'étonne même
que le Parquet ne t'ait pas fait encore parvenir une
convocation chez le juge chargé de cette instruction… car tu n'as rien reçu, n'est-ce pas, ni des
magistrats, ni du Ministère ?

— Je te l'aurais dit…

— Tu ne tarderas pas à recevoir, de l'une et de
l'autre de ces administrations, une lettre officielle !
Avant de mettre la frontière entre nous pour un
temps plus ou moins long, je tenais à te voir,
Sarah ! Dix ans d'amour et d'affection sincères ne
se brisent pas comme du verre, et, ici ou là-bas,
notre pacte, si tu ne veux pas dire notre association, ne saurait être rompu… Pour l'instant, une
seule chose me préoccupe, et elle est grave de conséquences…

— C'est ?

— On t'a vue à Paris quelques heures avant le
crime… j'étais avec toi… et il est certain que
l'on nous accusera du meurtre du comte d'Etiolles.

— Qui nous a vus ?

— Tout le monde. Le cocher, le valet de pied,

les garçons du restaurant de Bagatelle, le jockey Medzigot, compagnon de Jacques.

— Le cocher et le valet de pied m'ont vu partir par l'express de cinq heures... c'est-à-dire bien avant l'assassinat de mon mari.

— Qui prouvera que tu sois revenue directement de Paris à Nice ?

— Le contraire serait impossible.

— Rien n'est impossible, et c'est l'heure exacte où le crime a été commis et un alibi sûr et certain pour toi qui décideront de ton innocence et de ta culpabilité ! Quant à moi, mon alibi est absolu et Jacques lui-même...

— Crois-tu que si Jacques a pu s'échapper, il viendra déposer chez le juge ? Il se taira...

— Et s'il est pris ?

— Il se taira encore ! Jacques est un honnête homme, et il préférera plutôt garder le silence, que de trahir celle qu'il a aimée.

— Et Medzigot ?...

— Jacques lui imposera silence, et la crainte de la prison le rendra muet. C'est l'assassin du comte qu'il faudra chercher et trouver. Et quand nous saurons quel est ce misérable...

— Nous n'attendrons peut-être pas longtemps, Sarah.

— Je le souhaite, Fritz !

Tandis que la comtesse se retirait dans sa

chambre, de Lignolles envoyait chercher les journaux du matin.

Les soupçons qui avaient traversé son esprit s'étaient évanouis.

L'accusation qu'il portait sur Sarah, Sarah elle-même l'avait portée sur lui, et les faits étaient trop évidents par eux-mêmes pour laisser planer l'ombre d'un doute !

Sarah ne pouvait avoir accompli ce crime.

Mais ce dont ils s'étaient mutuellement accusés, d'autres ne le penseraient-ils pas également ?

Si Jacques se taisait, et c'était son intérêt, qui saurait qu'à minuit il était dans l'hôtel de la rue de Varennes ? Qui saurait que c'était lui, le mondain, le fashionable baron de Lignolles qui avait été chercher un complice dans le caboulot du père Lunette pour le conduire défoncer un coffre-fort chez le comte d'Etiolles, pendant qu'il ferait le guet sur le seuil de la porte ?

L'assassin savait que le comte était seul, ce soir-là... il savait que sa victime possédait des dossiers importants, remis depuis peu entre ses mains, par le Ministre de la Guerre, et pour avoir ces papiers, il n'avait pas reculé devant un crime !

Alors... cet homme... si c'était un des leurs ? Si c'était un espion de Hans... Ces papiers étaient donc bien importants pour que le service de l'espionnage prussien se soit adressé à d'autres qu'à lui... à d'autres qu'à Sarah ?

Qu'est-ce que cela signifierait donc ?

Et pendant une heure, Frédéric resta là, immobile sur son sopha, la tête enfoncée entre ses mains.

Le valet rentra, portant tous les journaux de Paris qu'il avait trouvés à Nice.

De Lignolles s'en empara et les lut avidement.

Les gazettes étaient beaucoup plus explicites que la veille ; les détails abondaient, les suppositions et les hypothèses les plus invraisemblables étaient innombrables et chaque journal donnait son avis.

« Le comte Sigismond d'Etiolles avait été assassiné, l'idée de suicide était formellement écartée, et c'était entre neuf et dix heures du soir que le crime avait été commis. »

Par qui ?

On l'ignorait et la police ne trouvait aucune piste.

Le vol, à l'encontre de tant de meurtres, n'était pas le motif de cet assassinat. Les appartements du comte n'avaient pas été fouillés, les tiroirs des nombreux meubles étaient intacts, et dans l'armoire à glace, ainsi que dans le bureau, les magistrats instructeurs avaient trouvé des sommes considérables.

Seul, le coffre-fort immense, attenant presque

au lit, avait été brisé et à peu près complètement dévalisé des papiers qu'il renfermait.

Là encore, l'assassin avait dédaigné les billets de banque et les rouleaux d'or.

C'était aux papiers du comte que l'on en voulait, à ses papiers seuls que l'on s'était adressé et c'était sur eux qu'on avait fait main basse, comme le prouvait la serviette de maroquin trouvée vide à l'orifice de la bouche d'égout de la rue de Rivoli, comme l'attestait le désordre du coffre-fort lui-même.

Et alors, le mobile du crime s'expliquait.

Par sa situation élevée au Ministère de la Guerre, le comte d'Etiolles devait posséder par devers lui des dossiers de haute importance, des renseignements confidentiels d'un grand intérêt... les pièces secrètes, il les apportait chez lui pour les étudier à son aise, il les gardait avec un soin jaloux pour rédiger les rapports chiffrés que le Ministre ou le gouvernement impérial lui réclamaient, et c'étaient ces documents, bien qu'enfermés dans un coffre-fort, qui avaient tenté le voleur. Or, pour voler, il fallait agir librement, il fallait avoir les coudées franches, et le voleur s'était fait assassin...

Le meurtrier n'était pas un criminel ordinaire... ce n'était pas parmi les bandits de profession, les chevaliers du couteau et les artistes du

surin que l'on devait chercher ses traces..
c'était ailleurs.

Où?

C'était difficile à dire, c'était impossible à
faire...

La main d'un espion, d'un espion payé par une
puissance étrangère, avait posé sa signature sur
le cadavre, et pour des raisons faciles à comprendre, la justice se trouvait dans l'impossibilité
d'agir.

Et tous les journaux s'empressaient de publier
le post-scriptum suivant, officiellement transmis,
c'était certain :

« Quant aux documents volés au Ministère, on
connaît exactement leur nombre, ils sont d'une
insignifiance absolue ; cette fuite ne pouvait
compromettre en quoi que ce soit la défense natio-
nale, car il ne s'agissait, en l'espèce, que de plans
datant de plus de douze ans. »

Toutes les gazettes reproduisaient, avec plus
ou moins de détails, dûs surtout à la féconde ima-
gination des reporters, les mêmes *clichés sensa-
tionnels.*

« D'ailleurs, ajoutait le *Barbier*, un des jour-
aux les mieux informés, la comtesse Sarah
d'Etiolles, en villégiature à la Côte-d'Azur, prévenue immédiatement de l'affreux malheur
qui vient de la frapper, pourra donner aux

magistrats chargés de l'instruction des renseignements précis et précieux sur le vol des valeurs qui
aurait pu être commis, ainsi que sur celles de sa
belle-fille, Odette d'Etiolles, actuellement au château d'Hautmont, en Champagne. »

Frédéric de Lignolles parcourut tous les journaux qu'on venait de lui remettre et qui, tous, à
quelques variantes près, rapportaient les faits avec
la même abondance de détails.

Un entrefilet le frappa.

« Le meurtrier devait être au courant des habitudes du comte... on savait qu'en l'absence de la
comtesse, une des Parisiennes les plus en vue et
dont la grâce et le charme font les délices des
salons du faubourg Saint-Germain, lors de ses
trop rares apparitions pendant la saison d'hiver,
le comte d'Etiolles vivait en véritable reclus dans
son somptueux hôtel de la rue de Varennes;
quand les nécessités de la vie mondaine ou de ses
travaux ne le retenaient pas au dehors de chez
lui, le comte restait dans son bureau jusqu'à une
heure très avancée de la nuit.... le soir, le comte
ne mangeait pas ; il se contentait de boire une
tasse de lait froid avant de se mettre au lit. Le soir
du crime, en l'absence des domestiques, dont la
plupart sont à Nice, au service de la comtesse
Sarah, le comte était rentré chez lui, vers les six
heures, bien qu'il dût, ce soir-là, assister à une

réunion d'amis au cercle de la rue Royale. Avant de se mettre au lit, il avait dû travailler encore dans sa chambre, car les magistrats ont trouvé sur son bureau des dossiers tout ouverts et annotés à l'encre rouge et une lettre adressée à sa fille... L'assassin connaissait sûrement ce genre de vie et en a profité. On sait d'ailleurs que les écuries du comte, admirablement montées, sont situées boulevard des Invalides, et que là également demeurent le cocher et le valet de pied. Cette solitude a été fatale au comte et son assassin, une fois son forfait accompli, a pu agir à sa guise, il était certain de ne pas être dérangé. »

Pendant un instant, de Lignolles resta songeur.

Ainsi, personne ne parlait, ni de Medzigot ni de l'Aristo.... personne ne révélait la présence de ces deux individus à l'hôtel de la rue de Varennes.

Donc, ils avaient pu échapper à tous les regards, ils s'étaient heureusement dérobés aux recherches des agents de police, lors de leur irruption dans la chambre du comte.

Et ce fut cette absence de renseignements au sujet de ces deux hommes qui le plongea dans un profond ennui et qui, en même temps, le débarrassait d'une angoisse cruelle.

Libres... ils étaient libres !

Alors, ils ne parleraient pas... ils n'avaient pas besoin de révéler ce qu'ils avaient été faire là-bas sur son ordre... ils se tairaient forcément, car en divulguant leur présence rue de Varennes, ils seraient immédiatement accusés du crime.

Et s'ils avouaient leur entretien du caboulot du père Lunette avec le baron Frédéric de Lignolles, revêtu d'une blouse et le visage rendu méconnaissable par des postiches, s'ils racontaient la mission dont ils étaient chargés, quels juges, quels policiers, quels magistrats ajouteraient foi à leurs dires ?

Quelle confiance pourrait inspirer ce Medzigot, jockey expulsé des champs de courses pour de nombreuses indélicatesses considérées comme de véritables vols, et tombé de chute en chute dans la plus basse abjection ?

Quels poids pourrait avoir le récit de l'Aristo, cet ancien gentilhomme de race, tombé, lui aussi, dans la dégradation la plus profonde, rejeté depuis plus de deux ans de tous les endroits qu'il fréquentait et n'ayant plus pour seuls asiles que les arches des ponts et le bouge du père Lunette ?

Quels magistrats instructeurs, quels juges accorderaient la plus légère attention à leurs déclarations ?... Aucun.

Et ces billets de banque... ces cinq mille francs trouvés en leur possession, ne seraient-ils pas un témoignage éclatant de leur culpabilité dans le crime de la rue de Varennes ?

Non... il n'y avait rien à craindre de ce côté...
Muets ils étaient, muets ils resteraient.

Et l'assassin lui-même, s'il était en possession
des secrets de Sarah et des siens, il se tairait.

Parler, c'était se perdre.

Et si, plus tard, il voulait faire du chantage, s'il
s'avisait de menacer, il serait temps alors d'agir...
et on agirait.

Brusquement, la porte s'ouvrit et Sarah apparut
sur le seuil.

La comtesse d'Etiolles était presque méconnaissable.

Vêtue de deuil, les joues pâlies et les yeux en-
tourés d'un long cercle de bistre, elle semblait
encore plus belle.

Ses yeux étaient légèrement rouges ; des larmes
tremblantes perlaient au bord de ses paupières et
sa longue robe noire donnait à toute sa personne
un charme et une grâce encore plus capiteux.

Elle tenait une lettre à la main.

— Voici, dit-elle en s'approchant, ce que je
viens de recevoir.

— Il est même étrange que vous n'ayez pas été
prévenue plus tôt, fit de Lignolles en rendant la
lettre après y avoir jeté un coup d'œil rapide, et
qu'allez-vous faire ?

— Me rendre immédiatement à Paris... il faut
que je sois demain chez le juge d'instruction et

mon devoir d'épouse m'oblige d'être au chevet de celui dont je porte le nom !

— Partez, Sarah... et surtout soyez prudente!

— Qu'ai-je à craindre ?

— Tout et rien !

— Quoi qu'il arrive, je vous tiendrai au courant de ce qui se passera, Frédéric ; il est probable que je resterai à Paris pendant quelque temps et...

— Seule ?

— Odette sera avec moi, je suppose ! Et quand les affaires du comte seront réglée, j'irai passer mon deuil à Hautmont.

— A Hautmont ?

— Oui, c'est ce qu'il a de mieux à faire, n'est-ce pas ?

Lentement Frédéric de Lignolles acquiesça de la tête.

— Et où pourrai-je vous écrire ? Si j'avais des conseils à vous demander ou des nouvelles à vous apprendre, je ne puis rester sans communiquer avec vous ?

— Non... ne m'écrivez pas ! Ecoutez, Sarah... le monde est si bête et si méchant que, devant le malheur qui vous accable, on ne saura même pas respecter votre douleur... ne prêtez pas flanc à la médisance... Si, depuis dix ans bientôt, nous avons pu nous aimer à l'abri de tout regard, si pour tous, excepté de celui dont vous portez le deuil, notre liaison a été absolument inconnue, il ne faut pas, qu'au lendemain de cette mort tragique, qui vous fait veuve, nous trahissions notre secret par des imprudences inutiles.

— Que me conseillez-vous donc, Fritz !

— Partez immédiatement pour Paris, une fois les obsèques du comte célébrées, je crois que vous agirez sagement en vivant pendant quelque temps rue de Varennes avec votre belle-fille Odette... D'ailleurs, la mort de son père donne à cette jeune fille une fortune considérable ; or, comme elle se trouve à présent seule, sans aucun parent, c'est sûrement vous qui serez chargée de sa tutelle... Des questions d'intérêt vont surgir, vous héritez de votre mari d'une somme importante, Odette devient plus que millionnaire, votre présence est donc indispensable là-bas tant que tous ces arrangements ne seront pas terminés... De plus, n'oubliez pas qu'il y a eu crime et qu'il faut que la justice trouve le coupable. Vous aurez des interrogatoires à subir, des renseignements à donner... des détails à fournir au juge d'instruction... cela prend du temps et vous n'aurez pas le loisir de penser à moi, ma chère Sarah !

— Vous êtes cruel, Frédéric.

— Je connais trop la vie, ma chère amie, pour avoir encore des illusions !

— Soit. Et si j'ai besoin de vos conseils ? où vous voir, où vous écrire ?

Pendant un instant, de Lignolles garda le silence.

Puis il releva la tête, et dit à voix basse :

— Et si tes lettres sont interceptées ?

— Par qui ?

— Par ceux qui ont intérêt à savoir pour quel motif la veuve du comte d'Etiolles écrit au baron de Lignolles.

— Quels sont donc ceux-là ?

— Les magistrats, ma chère Sarah. Et s'ils ne devinent pas notre amour, ils peuvent se souvenir de certains bruits qui ont couru autrefois ! Tu te rappelles l'histoire du Théâtre-Français, n'est-ce pas ?

Sarah tressaillit.

— C'est juste, dit-elle lentement. Ainsi, il ne me sera pas possible...

— Si, tout est possible. Seulement, la justice veillera, et des lettres échangées entre nous peuvent paraître louches... on voit leur origine, on les ouvre, on les lit... et c'est ce qu'il ne faut pas ! C'est à Hans que j'écrirai... c'est par Hans que tu recevras mes lettres !

— Par Hans ? Jamais...

— Pourquoi ?

— Parce que je ne le veux pas !

— Le passé est mort, Sarah, il ne faut plus y songer.

— Mais nos lettres seront aussi bien l'objet de la surveillance de la police venant de Hans que si...

— Non, car c'est à la Lœvenbraü qu'elles seront adressées et c'est de la Lœvenbraü qu'elles nous arriveront ! Tu comprends maintenant pourquoi il faut que Hans soit notre intermédiaire ?

— Oui, je comprends... là, personne ne pourra trahir nos secrets et nous pourrons écrire sans crainte !

— Adieu, Sarah... et quand le ciel sera moins chargé, nous nous reverrons !

— Où ?

— Eh, ma chère, si ce n'est ni à Paris ni à Nice... ce sera à Berlin, à la Wilhem-Strass, ou à Tiergarten.

— Tais-toi, Fritz, si les valets...

— Bast... sois certaine qu'il y a longtemps qu'ils nous écoutent. Donc, il est inutile de prendre des précautions... surtout maintenant.

Et de Lignolles, après avoir déposé un baiser sur les doigts de Sarah, se leva et sortit.

Une heure après, il quittait Nice.

Pendant un long moment, Sarah resta immobile sur le sopha.

Puis elle poussa un long soupir.

— Libre... libre, fit-elle en se relevant... Que m'importe à présent cet homme qui pendant dix ans a été mon complice ? Je suis libre et riche... riche à millions. C'est lui, maintenant, qu'il faut que je retrouve... vingt ans, il a vingt ans, à présent ! Et alors, si Jacques veut, s'il veut oublier ce passé que je maudis, entre ces deux êtres, je pourrai être enfin heureuse...! Heureuse...? ai-je le droit d'être heureuse, moi ?

Et, pendant de longues heures, Sarah resta absorbée dans ses tristes pensées.

Le soir même, elle quittait Nice, et suivie de toute sa domesticité, le lendemain elle rentrait à Paris, à l'hôtel de la rue de Varennes.

III

A LA WILHEM-STRASSE

Il était près de dix heures du soir quand, enveloppé d'une ample pelisse doublée de fourrure, Frédéric de Lignolles entra dans une maison isolée, quoique de belle apparence, située à quelques cents mètres de la Wilhem-Strasse.

Le froid était glacial ; la neige tombait sans discontinuer et formait sur le sol une couche dure et épaisse.

Alors que le centre de Berlin était inondé de lumière et que de toutes les tavernes s'exhalaient des bruits confus entrecoupés de chants aigus et monotones, de cris perçants et de frénétiques applaudissements, ce coin de la vieille cité prussienne était plongé dans une obscurité profonde et dans un silence lugubre.

Des arbres séculaires, dont les branches décharnées se dressaient lamentablement toutes recouvertes de fines dentelles de givre, entouraient cette demeure solitaire. Leurs silhouettes formaient un étrange rideau autour de cette masse blanchâtre, et le vent, qui sifflait âprement, faisait entendre un long murmure dans cette extrémité déserte d'une des plus belles avenues de Berlin.

Frédéric marchait hardiment au milieu de cette obscurité.

Le bruit de ses pas résonnait durement sur la neige et troublait seul ce silence sinistre et majestueux.

Devant la maison, il s'arrêta, et, avant de laisser retomber le lourd marteau de bronze qui se trouvait au milieu de la porte, il reprit haleine.

Puis, à trois reprises et à des intervalles réguliers, il laissa retomber le marteau.

Une minute s'écoula.

Un imperceptible bruissement se fit entendre, et, à travers un judas, une voix vint frapper ses oreilles.

— Qui est là ?

— Fritz Rosen.

— Que voulez-vous ?

— Parler immédiatement au chef.

— Quels mots ?

— Krieg und Faterland ! (1)

Le judas se referma et de Lignolles s'adossa contre la porte.

Cinq minutes après, la porte s'ouvrait sans bruit

____

(1) Guerre et Patrie.

et un homme taillé en Hercule, à la longue barbe roussâtre, introduisait le nocturne visiteur dans la maison.

— Tiens, c'est toi, mon vieux Schmoll, je n'avais pas reconnu ta voix ! dit Frédéric en serrant la main du colosse.

— Ni moi la vôtre, herr Rosen, vous êtes donc de retour ?

— Oui, depuis une heure à peine, mais le temps presse, conduis-moi au chef.

— Il vous attend, herr Fritz, veuillez me suivre.

Les deux hommes qui échangeaient ces paroles en allemand s'engagèrent à travers de longs corridors à peine éclairés, de distance en distance, par des lanternes aux lueurs blafardes ; d'épais tapis assourdissaient le bruit de leur marche, et dans ces couloirs déserts, aux murs nus et froids, régnait un silence profond.

Devant une porte masquée par un large tambour, Frédéric de Lignolles, ou plutôt Fritz Rosen, s'arrêta.

— Merci, dit-il à son guide, tu attendras mon départ, j'aurai besoin de toi pour porter une malle.

Schmoll s'inclina et retourna vivement à son poste, tandis que Fritz frappait trois coups discrets avant d'entrer chez celui qu'il avait appelé le « chef ».

Puis, il tourna le bouton de la serrure et entra.

Au milieu d'une salle assez grande, sommairement meublée de quelques chaises et d'un large bureau occupant le centre de la pièce, dont les murs disparaissaient derrière d'innombrables cartons verts symétriquement rangés sur des rayons, un homme à la mine altière, aux traits énergiques et durs, aux yeux cachés derrière des lunettes aux branches d'or, se tenait debout, immobile, le dos tourné à la cheminée dont l'âtre était rempli de bûches de bois.

Cet homme, dont tout Berlin connaissait la fine silhouette, était Hans Müller, le chef de la police secrète.

De Lignolles s'approcha et les deux hommes se serrèrent cordialement la main.

— Vous m'excuserez, chef, si je suis en retard, dit-il en allemand le plus pur.

— Vous êtes tout excusé, herr Rosen... Je dois vous dire que, même sans votre dépêche, j'attendais votre visite incessamment.

— Vous m'attendiez... comment cela ?

— Après la mort du comte d'Etiolles survenue d'une façon si tragique, j'étais sûr de vous voir arriver ici, Fritz !

— Pourquoi ?

— Prenez cette chaise et causons... car vous devez avoir pas mal de choses à me dire, n'est-ce pas ?

— Effectivement, Hans, et c'est pour cela que je suis ici ce soir.

Frédéric de Lignolles s'exprimait avec une facilité extrême, et ceux qu'il fréquentait, avenue des Champs-Elysées, dans le noble faubourg ou même sur les champs de courses d'Auteuil et de Longchamp, auraient été étrangement surpris en entendant leur hôte, leur ami ou leur amphytrion, s'exprimer dans une langue dont il n'avait jamais trahi l'accent !

Ils étaient loin de se douter que l'élégant gentilhomme qui donnait le ton dans les endroits où l'on s'amuse avec une grâce et une désinvolture tout à fait parisiennes, était originaire des bords de la Sprée, que le brillant baron de Lignolles n'était en réalité que Fritz Rosen et que le haut dandy parisien n'était qu'un simple Berlinois, un espion politique à la solde de la Prusse.

Fritz, après s'être débarrassé de sa pelisse, prit un siège et vint s'asseoir devant l'âtre, à côté du chef de la police secrète, Hans Müller.

— Eh bien, mon cher Rosen.... qui a tué le comte ? Est-ce vous ou est-ce votre maîtresse ?

— Ni l'un, ni l'autre, Hans ! je vous en donne ma parole d'honneur ! Nous n'aurions pas été assez bêtes pour tuer la poule aux œufs d'or !

176

— Der Teuffel ! (1) qui est-ce, alors ?

— Je l'ignore et la police française l'ignore également, j'en suis sûr !

— La police française... ça ne m'étonne pas ! Mais pourquoi l'aurait-on assassiné, alors, puisque l'on n'a pas touché à son argent ?

— Il avait des papiers, chef !

— Des papiers... importants !

— Très importants.

— Et vous les avez laissé prendre ?

Fritz baissa la tête.

— Allons... répondez, Rosen, qui a pu voler ces papiers ?

— Je l'ignore !

— Ah ça, vous ignorez donc tout à présent? Que faites-vous à Paris, alors ?

Fritz connaissait de longue date le tempérament emporté et violent du chef de la police de Berlin, et souvent, il en avait subi les conséquences.

Devant l'orage, il évita de tenir tête... et c'est d'une voix très douce qu'il répondit :

— Vous savez, Hans, que je ne suis pas spécialement chargé de veiller sur les fonctionnaires élevés du Ministère de la Guerre. Si, grâce à la comtesse Sarah, j'ai pu souvent me procurer et copier

____

(1) Diable.

pour votre service des documents précieux, ces renseignements n'entraient pas dans les attributions de mes fonctions.

Hans Müller regarda fixement son agent, puis, d'un ton moins brusque, il reprit :

— Ainsi, vous ignorez quelles sortes de dossiers ont été volés ?

— Je l'ignore, mais rien ne vous est plus facile que de vous renseigner à ce sujet.

— Comment cela ?

— Vous n'avez qu'à vous informer auprès de notre agent attaché spécialement aux bureaux du Ministère de la Guerre, et vous saurez ce dont il s'agit exactement.

Il se fit un silence.

— Alors, pourquoi êtes vous venu ici, reprit Hans.

— En volant les dossiers qui se trouvaient sûrement dans le coffre-fort de la rue de Varennes, l'assassin a également dû voler des pièces qui intéressaient au plus haut point la comtesse Sarah... et moi !

— Et puis ? Quelle importance cela peut-il avoir pour nous ?

— Une très grande ! Une de ces lettres contient la preuve écrite que je suis attaché à la police secrète de Berlin et que je suis chargé d'espionner le grand monde parisien pour le compte de la Prusse.

— Et l'autre ?

— Dénonce la comtesse comme étant ma complice et ma maîtresse.

— Tant pis pour vous, mon cher Fritz... il ne fallait pas laisser traîner vos secrets !

— Pardon, mes secrets touchent de près ceux de Berlin, et étant brûlé à Paris, je n'y puis rester.

— Alors ?

— Alors, chef, je vous apporte ma démission !

Brusquement, Hans Müller se leva.

— Vous êtes fou !... comment?... à l'heure où la Prusse, l'Allemagne toute entière a besoin d'hommes de votre trempe, vous abandonneriez votre poste de combat pour une bagatelle ?

— Vous nommez ça une bagatelle ?

— Ce n'est pas autre chose !

— Vous croyez ? Celui qui possède entre ses mains nos secrets...

— Se taira... puisqu'il ne peut pas dire où, quand et comment il a découvert ces secrets ! Cet assasssin a tué pour voler des documents, c'est certain. Que lui importe la possession de vos lettres ?

— Et si ces lettres ne sont pas entre les mains de l'assassin ?

— Comment ?

— Si... Tenez, Hans, je vais être franc, comme je l'ai toujours été, d'ailleurs, écoutez.

Et Frédéric raconta avec des menus détails tout ce qui s'était passé entre lui et l'Aristo.

Quand il eut achevé son long récit, entrecoupé de temps à autre par des exclamations du chef de la police, il regarda l'effet qu'il avait produit sur l'esprit de Hans Müller, et, avec anxiété, il attendit...

Le chef leva ses grands bras au ciel et poussa un véritable hurlement.

— Ces femmes..... ces femmes ! Tout le mal arrive par elles, et c'est toujours elles qui nous fourrent dedans ! Enfin... le vin est tiré... il faut le boire ! Mais que contenait donc ce coffret si important pour vous deux ?

— Je vous l'ai dit, Hans... ces deux lettres fatales, des quantités de bouts d'écrits émanant de l'ambassade et enfin l'aveu de sa faute.

— Sa faute ? à Paris, avant d'être la comtesse d'Etiolles ?

— Oui.... ainsi que la déclaration de l'endroit où son fils a été abandonné il y a vingt ans.

— Der Teuffel... der Teuffel ! Et le comte possédait tout ça ?

— Hélas oui ! Dans son coffre-fort, il avait enfermé ce coffret terrible.

— Mais comment la comtesse Sarah, une femme

si habile, si méticuleuse, qui, depuis tant d'années, nous a rendu des services aussi importants, a-t-elle été assez imprudente pour donner à son mari de tels documents ?

— C'est le comte qui a su les garder, chef ! Par une machination infâme, ces lettres lui ont été adressées directement, avec la preuve des relations de sa femme avec son ancien amant, Jacques d'Artigues...

— Mais ces papiers, qui les a envoyés au comte ?

— Voici comment le comte d'Etiolles a pu entrer en possession de ces compromettants écrits.

— Mais parlez, der Teuffel, parlez !

— Un soir, il y a plus d'un an de cela, une rupture avait eu lieu entre la comtesse Sarah et moi. J'avais eu tort de prendre un point de jalousie et la comtesse qui, je le sais, a toujours au fond de son cœur une tendresse infinie pour le père de son fils, son premier amant, ce Jacques d'Artigues qui se cache sous les loques et le nom de l'Aristo, me menaça de rompre notre liaison. Or, mon amour... et mes intérêts me commandaient de rester attaché à Sarah, et quand elle exigea la restitution de tous les papiers qu'elle m'avait confiés ainsi que les lettres fatales, si compromettantes pour elle et pour moi, je dû obéir à ses ordres... Elle me menaçait de faire du scandale et je cédai ! Refuser, c'était perdre tous les renseignements qu'elle pouvait me transmettre encore, c'était me fermer l'entrée d'un certain monde et m'empêcher d'accomplir mon métier d'espion. En obéissant aux ordres de Sarah, si je perdais son amour, je restais son ami et son complice... Cela me suffisait... et un soir, dans sa loge du Théâtre Français, pendant que le comte d'Etiolles causait avec un homme politique influent dont j'essayais de surprendre les paroles, je remis à Sarah, dans un coffret d'argent, tout ce qu'elle m'avait confié autrefois.

A ce moment le comte se retourna, et vit ce qui se passait.

— Un présent de M. de Lignolles, dit-il avec un sourire glacé... Permettez, cher baron..... ce sac de fondants serait un peu trop lourd pour la comtesse... je le porterai moi-même.

Et avant que Sarah soit revenue de sa stupeur, avant que j'aie pu faire un mouvement, le comte s'emparait du coffret et le mettait dans la poche de son habit.

— N'ayez crainte, ajouta-t-il froidement... je ne toucherai pas à vos bonbons... tel je reçois ce coffret, tel il restera dans mon coffre-fort!

Et il reprit tranquillement sa conversation avec l'homme politique.

Le comte d'Etiolles n'avait jamais eu pour moi une considération profonde ; connaissait-il mes intimités avec sa femme ? C'est possible, c'est même probable... Je n'allais jamais chez lui, il n'a jamais mis les pieds chez moi, et Sarah ne l'a jamais entendu, depuis ce soir fatal, faire une allusion quelconque sur mon compte ! Comme cela se passe dans la haute société parisienne, nos amours étaient cachées, nul ne pouvait les surprendre ou même les deviner et c'est dans un appartement plus que modeste que je rencontrais Sarah quand j'avais besoin de lui parler en secret..... Les bals, les concerts et les courses nous donnaient le loisir de converser tout à notre aise, et c'est là que nous échafaudions nos plans pour notre service de... Berlin.

— Mais Sarah connaissait le lieu de retraite de son enfant ?

— Non, chef, elle ne l'a jamais connu.

— Alors... comment se fait-il que cette déclaration, qui était entre ses mains et les vôtres...

— Jamais cette pièce n'a été entre nos mains... un soir, un mois après la scène du Théâtre Français, le comte rentra à l'hôtel de la rue de Varennes, comme un fou il entra dans le boudoir de sa femme, brandissant une lettre à la main... Et là, il s'arrêta, suffoqué de colère et de honte, Jacques d'Artigues était dans les bras de Sarah...

— Der Teuffel... pas de chance, le pauvre d'Etiolles !

— Quelques instant auparavant, un valet de son cercle lui avait remis une lettre... on lui annonçait que sa femme avait un fils de vingt ans, que cet enfant lui avait été volé quelques jours après sa naissance et que d'Artigues était le père de ce malheureux. Et la lettre indiquait l'endroit où cet enfant avait été abandonné il y avait vingt ans.

— Madame, dit-il avec une rage concentrée... voici ma vengeance ! Votre fils, vous ne le verrez jamais !

Et après une scène terrible entre le mari et l'amant, le comte, qui tenait peut-être à se venger également sur l'innocente créature dont on lui révélait l'existence, plaça la lettre dans le coffret qui contenait déjà tant de honte et d'infamie.

Le comte ne parla jamais de ce coffret, ni de ce qu'il contenait, à sa femme ; elle savait qu'il était enfermé dans le coffre-fort de son mari, elle essaya maintes fois de l'ouvrir, mais ses efforts restèrent vains.

Depuis ce jour, son amour maternel se réveilla dans son cœur ulcéré, la pensée de son fils, qui avait toujours hanté son cerveau, devint obsédante.

Ce fils, qu'elle n'avait jamais pressé sur son sein, elle voulut le voir, l'aimer, le chérir et faire de lui ce qu'il pouvait être réellement... Là, dans ce coffre de fer, se trouvait l'adresse de celui qu'on avait arraché à son sein, là, se trouvait indiqué l'endroit où elle pourrait enfin donner, à celui qui était la chair de sa chair, les baisers auxquels il avait droit...

Peu à peu, l'idée de rentrer en possession de cette lettre, qui lui permettrait de revoir son enfant, germa dans son esprit... ce fut du délire, de l'obsession.

Faire des recherches, était chose impossible, elle avait échoué, jadis, quand elle était libre ; maintenant, elle irait encore au devant d'un échec..., Et qui sait ce que ferait le comte s'il apprenait ces tentatives.

Et, pendant des semaines et des mois, elle fit l'impossible pour rentrer en possession du coffret.

Tous ses efforts échouèrent.

Et brusquement, un éclair jaillit de son cerveau endolori.

Elle était à Nice... personne ne pourrait l'accuser de ce vol, son mari moins que quiconque.

Durant cette absence, le comte restait seul à l'hôtel de la rue de Varennes... Pendant toute la journée, il était au Ministère, et ses soirées, il les passait le plus souvent au cercle ou dans le monde... c'était rare quand il rentrait avant dix heures dans son appartement.

L'occasion était favorable.

Seule, elle ne pouvait rien faire... Je ne pouvais forcer ce coffre de fer immense, et, à la veille de toucher au port, nous allions faire naufrage.

Et ce fut Sarah qui eut l'idée d'avoir recours à Jacques d'Artigues dont elle connaissait l'immense amour et qui savait, lui aussi, que se trouvait enfermé dans le coffret l'adresse de son enfant.

Jamais je n'avais été chez le comte d'Etiolles ; j'ignorais les lieux, lui, Jacques, les connaissait, une veilleuse restait allumée nuit et jour dans la chambre du comte... il pourrait donc agir et agir vite, sans laisser de traces de son passage.

Où était Jacques ?

Sarah et moi nous l'ignorions.

Depuis la scène terrible entre son mari et son amant, Sarah n'avait plus revu celui qu'elle aimait comme au premier jour de sa passion... de son unique passion, dois-je ajouter.

Par des compatriotes attachés à la Préfecture de police, je sus où trouver ce gentilhomme tombé dans les bas-fonds les plus crapuleux de la capitale. Je l'y cherchai et l'y trouvai aisément.

Il n'était pas seul... mais son compagnon de misère était sûr ! Et avec de l'or et surtout au nom de Sarah, les deux hommes, mourant de faim et de froid, acceptèrent ce que je leur proposai.

Sarah avait quitté Nice et, bouillant d'inquiétude et d'impatience, elle passa quelques heures à Paris.

Le moment d'agir était propice.... et on agit.

Le comte ne devait rentrer à l'hôtel de la rue de Varennes que fort tard dans la nuit ; aucun domestique ne serait là.

Après avoir vu son mari au Ministère de la Guerre, elle le quitte... tous nos plans sont tracés et je la reconduis à la gare à cinq heures.

Le soir même, c'était fini.

Seulement, le comte était là... et quand l'Aristo et Medzigot entrèrent dans sa chambre, ce fut son cadavre affreusement mutilé qu'ils rencontrèrent.

Que sont devenus Jacques d'Artigues et son complice ?

Je l'ignore !

Quant au coffret, dans quelles mains est-il tombé ?

L'avenir, seul, nous l'apprendra !

Ce sont ces péripéties que j'ai tenu à vous raconter moi-même, mon cher Hans, j'ai eu peur d'être compromis dans cette affaire lugubre et j'ai quitté Paris.

Là-bas, je suis brûlé, maintenant ! et je ne peux plus y accomplir mon métier d'espion... Que dois-je faire ! C'est ce que je viens vous demander, à vous d'abord et au chancelier Otto ensuite.

Hans Müller sortit une pipe au long fourneau

de porcelaine, la bourra consciencieusement et l'alluma avec une brindille de bois qu'il prit dans l'âtre.

Puis, lentement, il tira d'épaisses bouffées du tuyau de merisier qui servait de support à ce véritable pot à tabac.

— Mon cher Fritz, dit-il en reprenant sa place devant la cheminée, encore une fois tout ceci n'est qu'une simple bagatelle... le plus malheureux en cette affaire, c'est que d'autres que nous possèdent les papiers du comte ! Mais, quand je connaîtrai leur exacte valeur, je saurai s'ils valent la peine de nous chagriner ! Donc, mon cher Fritz, parlons d'autre chose.

— A vos ordres, Hans !

— Depuis dix ans que vous appartenez à la police secrète de la Prusse, Sa Gracieuse Majesté et notre cher Otto attachent trop de prix à vos services pour ne pas les utiliser à l'avenir comme ils le méritent... et comme ils les ont utilisés par le passé. Vous craignez d'être brûlé dans les milieux que vous fréquentez, dites-vous ?

— J'en suis certain.

— Qui vous fait supposer...

— Depuis quelques temps déjà, je m'aperçois qu'autour de moi on prononce certains mots, certains noms qui me semblent étranges...

— Ah... vous vous êtes aperçu...

— De bien des choses !

— Que disait-on ?

— Que mon train de maison était peu en harmonie avec le peu de fortune que je possède... que mes pertes au jeu étaient bien fortes ; qu'il devait avoir bien longtemps que mes aïeux devaient être morts, personne n'avait jamais entendu parler des de Lignolles, etc, etc... Bref, on m'a laissé entendre que j'étais à la solde d'agences plus ou moins louches.

— Bast, il fallait laisser dire !

— C'est ce que j'ai fait. Seulement, l'histoire du comte me met dans une situation délicate, et pour éviter des ennuis fâcheux pour vous et pour moi, j'ai préféré filer.

— Et c'est maintenant que l'on vous accusera... avec un semblant de raison.

— A présent, la chose m'importe peu ! Tout ce que j'ai pu surprendre dans ce monde parisien en proie au luxe, au plaisir et à la vie à outrance, je l'ai communiqué... les pièces importantes et relatives à l'organisation de l'armée, à la défense de la frontière, à la mobilisation même, sont entre vos mains... les dossiers qui peuvent vous intéresser, vous en avez les copies dans vos cartons ; les secrets du bureau du comte d'Etiolles, surpris par Sarah, sont mieux connus ici qu'au Ministère de la Guerre, et il me semble que ma présence lans mon hôtel de l'avenue des Champs-Elyséas n'a plus sa raison d'être.

— Possible… en tous cas, faute d'un moine, l'abbaye ne chôme pas !

— Heureusement, et mes deux collègues sont encore là-bas pour longtemps.

— Pour longtemps ? Vous vous trompez, Fritz !

— Je me trompe ? comment…

— Avant six mois, ces messieurs seront ici… eux et la plupart des agents subalternes qui sont à Paris.

— Avant six mois ? Pourquoi…

— Parce que, avant six mois, la France sera en guerre, non-seulement avec la Prusse, mais avec toutes les principautés allemandes enrôlées sous le drapeau de notre vieux Guillaume.

— Je croyais que le roi voulait attendre encore un an…

— Pourquoi faire? Nous sommes prêts….. ils ne le sont pas ! Tout est prévu, calculé, mesuré, chez nous… chez eux, tout est en débandade… Ces Français, orgueilleux et vantards se croient invincibles et s'endorment sur leurs lauriers passés ! Nous, nous veillons et nous travaillons sans bruit… Depuis dix ans, vous connaissez assez toute la haute volée parisienne pour juger son esprit….. Dans le peuple, c'est la même chose. On le berne, on l'illusionne, on le fascine avec des grands mots, de grandes phrases, de grandes tirades… et, pendant ce temps là, chez nous, on se tait, mais on se prépare au combat. Le moment est venu, mon cher Rosen, d'abaisser, une fois pour toutes, l'orgueil et la forfanterie de cette race. Le moment est venu de montrer au monde civilisé l'incapacité de leurs chefs qui se croient des héros, de leur faire voir le néant de leur gloriole et de leur vantardise… Donc, pourquoi attendre? Dans un an, l'armée allemande sera maîtresse de Paris, dans un an, la France sera agenouillée devant les bottes de nos soldats… Dans un an, il faut que la France soit vaincue, et c'est pour cela, Fritz, que j'ai encore besoin de vous !

Fritz Rosen avait écouté les paroles de Hans Müller avec un étonnement profond.

Ainsi, ce que l'on disait à Paris, non pas dans la haute société, mais bien dans le peuple, dans la classe des travailleurs et des gens éclairés, était vrai, la guerre était proche…

Et pendant que les plaisirs mondains se succédaient sans trêve et sans relâche, tandis que l'armée, la finance, la noblesse et la magistrature s'endormaient dans le bruit des fêtes et dans l'orgie, tandis que les politiciens ne songeaient qu'à grossir leur fortune personnelle, l'Allemagne travaillait…

La guerre était à la frontière de l'Est… et la

France n'entendait pas le lointain grondement de l'invasion.

Hans Müller avait allumé une seconde pipe.

— Vous savez aussi bien que moi, mon cher Fritz, que les espions allemands grouillent sur la terre de France : pas un village, un hameau de la frontière du Rhin, et même des environs de Paris, n'a été sans être minutieusement exploré par un ou plusieurs des nôtres. Ce que vous avez fait à Paris, dans le grand monde, d'autres l'ont fait aussi dans les campagnes et, à l'heure actuelle, nous connaissons la France mieux que nous connaissons Berlin, la Prusse, l'Allemagne entière ! Depuis le grand seigneur comme vous, ayant ses entrées dans toutes les demeures de la haute société, jusqu'à l'infime balayeur des rues, jusqu'à l'égoutier, jusqu'au pâle voyou déambulant sur les trottoirs des quartiers populaciers, tous sont nos agents sous des déguisements appropriés... tous ont fouillé les coins et les recoins de la France, tous ont relevé les routes, les sentiers, les trottons qui peuvent nous être utiles... A l'heure présente, il y a six mille espions en France et chacun d'eux nous adresse ses rapports ici, à la Wilhem-Strasse ! Les chemins de fer sont bondés d'Allemands... Les administrations publiques, les banques, les ministères, l'armée, le gouvernement, l'Empereur Napoléon lui-même, sont espionnés, chaque jour, chaque nuit, chaque heure par les nôtres, et pas un fait, pas un geste, pas une parole ne peut échapper à l'oreille attentive de nos espions. Et quand Sa Gracieuse Majesté entrera à Paris, ses officiers lui auront montré pays par pays, ville par ville, village par village, l'endroit où ils ont été employés comme mécanicien, comme ouvrier, voire même comme haut fonctionnaire de l'Empire Français. Par vous-même, Fritz, par ce que vous avez été en France, vous pouvez juger de ce qu'ont été les autres.

— La France est bien malade, d'après ce que je vois...

— Elle est perdue, Fritz ! Or, à l'heure actuelle, nous avons encore à travailler... et c'est sur vous que je compte encore une fois, pour mener à bien notre entreprise finale !

— Sur moi ?

— Notre grand Otto (1) a confiance en vous, Fritz, vous le savez !

— J'ai agi, en toutes circonstances, pour mériter cette confiance, Hans !

— Je le sais, et moi tout le premier, j'ai été heureux de voir le plus grand homme politique après notre vieux roi Guillaume, apprécier vos qualités et vos mérites. Et c'est pour ces raisons que je tiens

____

(1) Bismarck.

à vous conserver parmi nous. Voici ce dont i s'agit... Dans quelques jours, car il faut bien que vous vous reposiez un peu, der Teuffel, vous allez retourner à Paris... Dans le grand monde? Non, puisque vous croyez y être brûlé... C'est la populace, c'est la lie du peuple que vous fréquenterez ; là, dans les bas-fonds de cette ville que les Français, dans leur stupide orgueil, appellent la « Ville-Lumière », vous vous créerez des amitiés rapides... Avec quelques verres de schnaps, vous aurez vite fait la connaissance de ces hommes sans dieu ni loi... prêts à tout faire pour quelques pièces d'or, prêts à tout risquer pour quelques litres d'eau-de-vie. A Belleville, aux Carrières d'Amérique, à la Villette, à Montmartre, dans tous ces quartiers enfin où les haillons et la débauche s'associent en commun, vous deviendrez bientôt l'homme que l'on écoute, que l'on respecte, à qui l'on obéit. Avec nos subalternes qui s'y trouvent déjà et ces malandrins, vous formerez une sorte d'association dont vous serez le chef incontesté. Vous formerez un centre analogue à celui qui existe déjà rue d'Allemagne, la « Lœvenbraü » ; avec des bandits de cette espèce, nous arriverons à tout. Il faut, vous entendez, Fritz... il faut que dans trois mois au plus tard, il existe à Paris, dix, vingt, trente de ces groupes, qu'ils vous obéissent au doigt et à l'œil et que vous puissiez leur faire

faire vos quatre volontés... ces gens, avec de l'alcool, vous en ferez ce que vous vous voudrez, et, avec de l'or, nous en ferons ce que nous voudrons... quand le moment sera venu. Ces loqueteux, vivant dans la misère la plus noire, sont les ennemis du régime impérial... Ceux qui ont survécu à 48 et à 51, ceux que Napoléon a épargnés, nourrissent contre lui une haine sourde et implacable. Trop vieux ou trop jeunes pour être soldats, ces individus resteront dans la capitale pendant la guerre de demain ; l'esprit aigri, le cœur haineux, le cerveau brûlé par l'alcool et le ventre vide, ces hommes seront aussi précieux pour nous que nos meilleures troupes... Il faut que cette lie du peuple soit notre auxiliaire..... il faut que ces masses se soulèvent au premier geste et qu'ils se révoltent contre le Pouvoir, quel qu'il soit. En même temps que la guerre extérieure, il faut que la guerre civile éclate, il faut qu'au bruit des canons allemands répondent les hurlements de la mitraille révolutionnaire..... il faut que la France broyée au dehors, soit ravagée, meurtrie, déchirée au dedans ! Et c'est toi, toi, Fritz Rosen, qui sera l'ouvrier de cette révolution... Des hommes seront à ta disposition... tu agiras à ta guise !... L'or, tout l'or dont tu auras besoin tu l'auras à ta libre volonté... Marche, Fritz, marche... l'œuvre est grande, sublime, gigantesque... et toi, toi seul, es digne d'en être le génial créateur.

Hans Müller avait redressé sa haute taille ; ses yeux jetaient des éclairs farouches et ses paroles sortaient de sa bouche avec un éclat sinistre.

Fritz Rosen, haletant, le visage blème, le regardait.

Et un éclair brilla sous ses épais sourcils.

— Tu hais donc bien la France, Hans ? dit-il d'une voix sourde.

— Oui... je la hais de toute mon âme... Et je ne serai heureux que lorsque je la verrai l'esclave enchaînée et meurtrie de la Sainte Allemagne !

— Pourquoi ?

— Pourquoi ?... Tu le sauras plus tard, ami !

Pendant un long moment, les deux hommes se turent.

Il était plus de minuit, et le tic-tac monotone d'un coucou attaché au mur troublait le silence sinistre qui régnait dans cet immense chambre.

Les yeux mi-clos, le torse appuyé contre la cheminée, Hans songeait...

Il voyait l'avenir qui se déroulait devant lui comme dans un rêve, et un sourire méchant vint plisser ses lèvres.

Fritz, assis devant l'âtre, tisonnait les morceaux de bois à moitié consumés et faisait envoler, de ces brindilles tordues, des myriades d'étincelles qui s'éparpillaient de toutes parts en crépitant avec un bruit sec et joyeux.

Brusquement, il se leva et posa sa main sur l'épaule de Hans.

— Quand dois-je partir? dit-il d'une voix ferme.

Hans tressaillit et revint à la réalité.

— Quand dois-je partir ? répéta Fritz.

— Quand Otto le commandera ! Reposez-vous trois jours et soyez prêt pour dimanche. Nous le verrons ensemble et il vous donnera ses dernières instructions.

— Et d'ici là ?

— Restez chez vous, Rosen, reposez-vous en vue de vos fatigues futures !

— Et ces papiers que j'ai apportés de là-bas ? Quand vous plaît-il de les examiner ?

— Soit... venez demain... nous les examinerons ensemble...

Fritz sortit des poches de sa pelisse des liasses de papiers, celles qu'il avait retirées de la Bibliothèque et des armoires de son hôtel des Champs-Elysées et les déposa sur le bureau de Hans Müller.

— Voici les copies et quelques originaux de ce dont je vous ai parlé dans mes rapports... Comme vous avez dû vous en rendre compte, ces documents étaient exacts et leur capture importante.

— Tout ce qui vient de là-bas est bon à prendre, Fritz... et surtout bon à garder. A demain.

— A demain, Hans !

Les deux hommes se serrèrent la main avec force et Fritz sortit de la chambre.

A l'extrémité du corridor, il retrouva le colossal domestique, assis à califourchon sur une chaise, lisant, à la lueur diffuse d'une lanterne un journal de Paris, le *Barbier*.

— Eh, herr Schmoll... toujours occupé à quelque chose, donc ?

— Je n'ai plus que ça à faire, herr Rosen, faut bien tuer le temps en attendant que le temps nous tue.

— En ce cas, viens avec moi, j'ai besoin de tes épaules.

— A vos ordres, herr Rosen.... à vos ordres !

Après avoir donné un tour de clef à la porte de la maison isolée de la Wilhem-Strasse, Schmoll suivit respectueusement à distance Fritz.

— Approche, mon vieux Schmoll... approche, fit-il en se retournant ; l'avenue est assez large pour nous deux.

— A vos ordres, herr Rosen...

— Quoi de neuf, depuis mon départ ?

— Ah !... bien des choses, allez !

— Et quoi, entre autres ?

— Ça, voyez-vous, ça ne se dit pas tout haut... mais, entre nous, on peut le dire tout

bas en fumant une pipe et en vidant un wieder-
komm (1).

— Ah ?

— Et notre sujet de conversation, à nous autres
les anciens, c'est la guerre !

— La guerre ? avec qui donc ?

— Avec la France, mein Gott. Et le diable m'em-
porte si l'année se passe à se croiser les bras !

Malgré l'heure avancée, les grands centres de
Berlin étaient encore éclairés ; les tavernes regor-
geaient de monde, des brouhahas confus se faisaient entendre quand les portes s'ouvraient et des
chants bachiques aux refrains monotones et traî-
nants, s'engouffraient dans les rues aux pavés recouverts de neige.

De ci, de là, déambulaient bras-dessus, bras-
dessous, des soldats au pas lourd et cadencé, des
étudiants à la longue pipe en porcelaine rivée aux
lèvres, des paisibles bourgeois rentrant hâtivement
vers leur demeure.

Et tous, à la lueur des becs de gaz, nimbés d'un
brouillard aux reflets diaprés, semblaient heureux
de vivre.

Sur leurs faces rubicondes, enluminées par l'ab-
soption des choppes et des wiederkomms, des marques de satisfaction profonde s'épanouissaient, des

---

(1) Vidrecôme, grand verre à boire de la bière.

rires épais et bruyants sortaient de leurs poitrines
et des couplets belliqueux éclataient brusquement,
zébrant l'air de leur rythme cadencé.

— Eh, Schmoll, fit Rosen, on n'était pas aussi
gai que ça les années dernières à cette époque ?

— Non, mein Gott... mais, depuis six mois, c'est
partout maintenant la même chose, herr Rosen...
Et encore, c'est ce mauvais temps qui les empê-
che de chanter plus fort... et cet été vous enten-
drez ça, si toutefois ils sont encore ici !

— Et où seraient-ils donc, si ce n'est à Berlin ?

— A Paris, herr Rosen, à Paris !

Les deux hommes étaient arrivés devant un modeste hôtel perdu au fond d'une des rues les moins
fréquentées de la Ludwigstrasse.

C'était là que d'habitude Fritz Rosen descendait
quand il venait conférer avec le chef de la police.

— Monte avec moi, Schmoll, j'ai une malle à te
confier, et tu la porteras immédiatement à herr
Hans Müller !

Un quart d'heure après, le colosse Schmoll quittait l'appartement de Fritz, portant sur ses larges
épaules le coffre qui renfermait le reste des papiers
et des dossiers volés en France par le baron Frédéric de Lignolles et par sa complice, la comtesse
Sarah d'Etiolles, documents que le chef de la police secrète allait compulser.

Resté seul, Fritz s'allongea sur un canapé, et

après avoir allumé un cigare, il ferma les yeux et s'absorba dans ses pensées.

—Peuh, dit-il au bout d'un instant, en envoyant dans la chambre une longue bouffée de tabac, à quoi cet amour me servirait-il, à présent... Je suis riche, l'avenir me sourit, pourquoi me créer des ennuis inutiles! Sarah a bientôt quarante ans, je n'en ai que trente-cinq à peine. Dans dix ans, elle sera une vieille femme... moi, je serai à la fleur de mon existence.... Bast.... ce feu de paille est éteint, ne remuons pas les cendres! Si Sarah m'a servi... de quelle utilité peut-elle m'être à présent? D'aucune... oublions le passé... et songeons à l'avenir! Sarah? allons donc, c'est l'autre qui me convient... c'est l'autre, millionnaire, jeune, belle, qu'il me faut! Sans parents au monde, ignorant mon passé... mon passé surtout, c'est elle qui me refera une virginité et qui, grâce à son or, me donnera une fin raisonnable. Imbécile... imbécile... Et dire que je n'avais pas songé à cette belle enfant!

Et Fritz, se levant d'un bond, vint se contempler dans la glace qui ornait la cheminée.

— Pourquoi pas, après tout? Autant moi qu'un autre? Sarah... ce n'est pas elle qui m'arrêtera... et si l'obstacle devenait trop grand, si ses cris étaient trop perçants, puisque je ne puis plus la dominer par le secret de la retraite de son fils, c'est bien le diable si, dans la populace grouillante de Paris, je ne trouve pas une main solide, armée d'un surin bien trempé. Et Hans sera bien débarrassé en même temps.

Fritz vint s'étendre à nouveau sur le canapé.

Puis se plongea dans ses réflexions.

— Allons, dit-il brusquement, le sort en est jeté ! « Paris vaut bien une messe » a dit Henri IV. Odette vaut bien un crime... elle et ses millions, surtout !

Et l'esprit plus calme, le sourire sur les lèvres et le regard brillant, Fritz Rosen se mit au lit.

IV

LE CORRIDOR SECRET

L'autopsie du comte Sigismond d'Etiolles avait eu lieu à l'hôtel de la rue de Varennes même.

Quelques heures après la découverte de l'assassinat, le procureur impérial, un juge d'instruction, le commissaire de police et quelques agents de la Préfecture s'étaient immédiatement transportés à la maison du crime et s'étaient livrés à une enquête des plus minutieuses.

Pour les magistrats, et leur avis fut unanime, le vol seul avait été le mobile du crime.

Le coffre-fort brisé était là, béant, défoncé en plusieurs places, et les liasses de billets de banque et de titres qui étaient là, sur les tablettes d'acier, n'avaient pas été emportées par l'assassin.

Or, si le meurtrier n'avait pas fait main-basse sur cette fortune, c'était uniquement par mesure de prudence... car ces billets, ces titres au porteur étaient tous maculés d'éclaboussures sinistres.

Les emporter, essayer de les mettre en circulation, même après un lavage minutieux, c'était se dénoncer, c'était se livrer à la justice, et celui qui avait tué pour voler était trop adroit pour compromettre ainsi sa sécurité.

Là, sur ces tablettes, pêle-mêle, se trouvaient plus de cinq cent mille francs… mais sur ces billets aux reflets d'azur, sur ces titres au papier parcheminé, sur ces liasses de valeurs au porteur, des traces de doigts ensanglantés s'étalaient brutalement… des gouttelettes rougeâtres, à peine séchées, trahissaient la main criminel, et, en tuant sa victime, l'assassin avait dû être sûrement blessé par son arme meurtrière.

Des traces de sang, maintenant que la lumière du jour inondait la chambre, apparaissaient partout ; sur les tablettes, sur les parois du coffrefort, sur le tapis, près du lit, devant le bureau et sur le marbre blanc de la cheminée, des gouttes sinistres se rencontraient et décelaient les allées et venues de l'assassin après l'accomplissement de son forfait.

Au su de tout le monde, le comte d'Etiolles, unique survivant d'une opulente famille du Premier Empire, possédait une fortune des plus considérables, et les sommes qui étaient là, maculées et froissées, ne représentaient pas la dixième partie de son avoir.

L'hôtel qu'il habitait était sa propriété, ou plutôt celle d'Odette d'Etiolles, sa fille unique, dont la mère, morte en la mettant au monde, avait laissé à son mari, en outre de cette princière demeure, une fortune évaluée à quinze cent mille francs.

Or, le comte, bien que son train de maison fût des plus luxueux, était loin de dépenser les revenus qu'il possédait.

Là, dans ce coffre-fort, il devait y avoir des sommes énormes... et l'assassin les avait emportées, abandonnant les quelques centaines de mille francs qui auraient pu le trahir.

Des bijoux, vieux bijoux remontant au siècle passé, étaient là, également, rangés dans leurs écrins, ainsi que des pieux souvenirs de famille.

C'était donc l'argent seul que l'on avait volé, et le vol avait été l'unique mobile du crime.

Et l'assassin devait être au courant des habitudes du comte, car les autres meubles avaient été respectés. Aussi bien dans les chambres du comte que dans l'appartement de la comtesse, situé à l'étage au-dessus, nul meuble n'avait été ouvert ; l'ordre le plus complet régnait dans toutes les pièces, et il était même certain que le criminel n'y était pas entré.

Sur le bureau, quelque peu maculé de tâches rougeâtres, une lettre, que le comte avait écrite à sa fille peu d'instants avant de tomber sous les coups de son meurtrier, était là, inachevée.. Elle faisait connaître son arrivée prochaine au château d'Hautmont, vaste propriété située en Champagne, à quelques lieues de Troyes, et que Odette habitait presque continuellement, en raison de sa santé délicate et de l'éloignement profond qu'elle avait manifesté maintes fois pour le tourbillon de la vie mondaine que se trouvaient forcés de suivre son père et la comtesse Sarah.

Et, à côté de cette lettre, s'en trouvait une deuxième.

C'était un billet adressé à la hâte à un haut fonctionnaire du Ministère des Affaires Etrangères.

Le billet était raturé en plusieurs endroits, il priait le destinataire d'excuser l'absence du comte à sa réception... le comte était fatigué, il avait un travail des plus importants à achever, et le besoin de se reposer, pour se consacrer, avec une entière liberté d'esprit à son travail, le forçait à ne pas pouvoir se rendre au dîner du ministère.

Et le comte avait dû sans doute recopier sa lettre, ne voulant pas adresser un billet chargé de nombreuses ratures.

D'ailleurs, l'enquête prouverait, sans nul doute la vérité à ce sujet.

Le comte était fatigué... le travail pressé était sans doute un motif plausible pour ne pas assister à cette réception, et avant même de terminer sa lettre à Odette, il s'était mis au lit, vers les neuf ou dix heures.

Or, c'était justement vers cette heure-là, que le crime avait dû se produire.

Preuves en main, le médecin légiste venait de formuler son avis.

L'estomac du comte ne contenait que quelques débris de lait caillé fortement altérés par les sucs gastriques.

Or, c'était deux ou trois heures après l'ingestion de ce lait, que l'assassinat avait eu lieu.

Dans la salle à manger, se trouvait une tasse contenant encore quelques gouttes de lait, et, à côté, sur un plateau, un petit pot à lait était encore à moitié rempli.

Pendant toute la matinée, on perquisitionna avec la plus méticuleuse attention.

On ne trouva rien d'important, et les quelques pièces, les quelques dossiers, que l'on découvrit dans le bureau du comte, furent immédiatement mis sous scellés et portés au ministère de la guerre.

FIN DU TOME PREMIER

Grande Imprimerie de Troyes, 128, rue Thiers

www.ingramcontent.com/pod-product-compliance
Ingram Content Group UK Ltd.
Pitfield, Milton Keynes, MK11 3LW, UK
UKHW022047070726
13613UKWH00002B/718